Fadenheftung auf Bänder,

handgebundene Premium-Auflage,

Buch Nr. 50

Über die Autorin:

Michaela Eiben, geboren 1972 in Cloppenburg, erblindete im Alter von 21 Jahren. Sie ist verheiratet, hat drei Kinder und lebt heute mit ihrer Familie in Aurich/Ostfriesland.

Für die offensive und positive Art, mit der Michaela Eiben ihr Leben und das Leben ihrer Familie gestaltet, wurde sie im Dezember 2006 von der Bundesministerin Ursula von der Leyen in Berlin mit dem Preis „Familien-Managerin 2006" ausgezeichnet.

„Wenn man blind ist, darf man nicht auf jeden hören."

Michaela Eiben

Michaela Eiben

blind+blond=blöd?

Für Karin

Impressum

Hase Verlag Papier & Buch
www.hase-verlag.de

Buchbinderei DORENA
www.dorena-buchbinderei.de

Druckerei Dürrschnabel
www.duerrschnabel.com

2. Auflage 2007

ISBN-13: 978-3-939872-06-1

Inhalt

Vorwort des Verlages	1
Vorwort der Autorin	2
Dunkelheit	4
Liebes Tagebuch	8
Der Kampf mit dem Leben	14
Dominik	17
Blind ist nicht gleich blöd!	22
Nur blind?	26
Behörden und ich	28
Auf den Hund gekommen	32
Hallo Taxi	35
Zwillinge	38
Freundschaften	45
Berührungsängste	51
Behindertenparkplätze	54
Schachfigur	58
Rezept für ein glückliches Leben	63
Jürgen	77
Aussehen	83
Augenblicke	87
Kraft tanken auf Wangerooge	93

Das Licht in meinem Herzen	99
Begegnungen	103
Blind ist nicht gleich blind	105
Die Veränderung	108
Gottes Kinder	112
Politiker	115
Weihnachtschaos	118
Jeder ist anders	121
Gedichte	123
Zum Schluss	129

Vorwort des Verlages

Michaela Eiben schrieb an diesem Buch über vier Jahre. Zwischen den Windeln ihrer Zwillinge und der Hausaufgabenkontrolle mit dem Großen.
Zufällig wird unser Verlag durch einen Artikel in einer Elternzeitschrift auf sie aufmerksam. Ein Bericht über eine Frau, die in jungen Jahren erblindet ist und heute trotzdem problemlos einen 5-Personen Haushalt führt. Das schafft man nicht nur mit technischen Hilfsmitteln, dafür braucht man viel Mut und Selbstbewusstsein.

Michaela Eiben schreibt, wie sie spricht. Es ist herzerfrischend, ihr zuzuhören. Ein bisschen frech, ein bisschen nachdenklich und mitten aus dem Leben. Wir haben ihren Stil zu schreiben ganz bewusst nicht geändert. Michaela Eiben hat viel von sich und ihrem Leben in diesem Buch preisgegeben.
Wir wünschen diesem Buch viele verstehende Leserinnen und Leser und hoffen, dass die Erlebnisse dieser außergewöhnlichen Frau dazu beitragen, das Verständnis zwischen behinderten und nicht behinderten Menschen zu fördern.

Christine Westermann, Hase Verlag
Forbach im August 2007

Vorwort der Autorin

Keine Angst. Ich erzähle Ihnen keine jammervolle Geschichte, sondern ich möchte Ihnen einen Einblick in mein Leben gewähren. Ich finde es wichtig, dass die Umwelt endlich begreift, dass Menschen mit einer Behinderung nicht Menschen zweiter Klasse sind. Trotz meiner Erblindung bin ich eine ganz normale Frau.

Es gibt viele Klischees in unserer Gesellschaft. Das sind eingefahrene Vorstellungen, die oftmals nicht der Realität entsprechen. Aber es laufen nicht alle Männer in Bayern mit Lederhose und Rasierpinselhut herum, ebenso wenig wie die Ostfriesen an 365 Tagen im Jahr mit Öljacke und Südwester auf dem Kopf anzutreffen sind.

Und genau so eine Schublade gibt es für die Blinden. Die Einstufung für Blinde und in meinem Fall für eine blinde Frau lautet wie folgt: „Aha, die ist blind, also hat sie schlecht auszusehen, d.h. keine gute Figur, bei Schminke und Assessories zwar verzweifelt bemüht, aber letztendlich doch irgendwie ungepflegt und modisch natürlich total daneben, weil sie ja so unbeholfen ist. Außerdem still und schüchtern mit einer leisen Piepsstimme, passend dazu eine gebückte und unterwürfige Körperhaltung. Und da sie ja nicht lesen kann, hat sie auch nichts in der Birne." Schublade zu.

Zugegeben, das ist jetzt sehr spitz formuliert, aber seien Sie mal ehrlich, welches Bild haben Sie vor Augen, wenn Sie an eine blinde Frau denken?
Dabei hat Wissen oder Schönheit nichts mit einer Behinderung zu tun. Wenn Heidi Klum morgen durch einen Autounfall querschnittsgelähmt wäre und dann im Rollstuhl sitzen müsste, wäre sie dann hässlicher als vorher? Ich beantworte Ihnen diese Frage – Nein, sie kann nämlich nur nicht mehr laufen. Wäre sie dann weniger schlau? - Nein, sie hat ja nichts am Kopf. Ich hoffe, Sie verstehen, was ich meine.

Leider haben viele Leute oft Angst, einen behinderten Menschen anzusprechen. Dabei sind wir ganz normal. Doch was ist schon normal, bis vor dreizehn Jahren war ich auch eine von den sogenannten „Normalen". Sie dürfen sich nie zu sicher sein, es kann jedem von uns plötzlich etwas passieren. Jetzt fragen Sie sich sicher: „Was will die eigentlich von mir?" Sie haben Recht, ich möchte etwas von Ihnen und zwar, dass Sie mein Buch lesen und darüber nachdenken. Also, wer einen Einblick in mein chaotisches Leben haben möchte, dem wünsche ich jetzt viel Spaß beim Lesen.

Ihre
Michaela Eiben

Dunkelheit

Oh ja, chaotisch, das ist der richtige Ausdruck für mein Leben. Dabei verlief eigentlich alles nach Plan. Ich war süße 21 und hatte mein Leben voll im Griff. Zumindest dachte ich es. Ich träumte, wovon wohl jede Frau mit 21 träumt: eigene Wohnung, heiraten, Kinder..., doch dann kam alles ganz anders.

Es passierte im September 1993. Ich hatte meinen Traummann gefunden. Jürgen und ich machten es uns in unserer ersten gemeinsamen Wohnung kuschelig. Wir träumten zusammen von Hochzeit und Kindern.
Aber an diesem besagten Tag mussten wir unsere Träume erst einmal beiseite legen. Ich wachte morgens auf und bat Jürgen, die Jalousie hoch zu ziehen. Für einen Augenblick wurde es still im Raum, nachdem Jürgen mir gesagt hatte, dass die Jalousie schon oben wäre.

Ich stellte fest, dass alles um mich herum dunkel war, fing an zu weinen und geriet in Panik. Jürgen versuchte zwar, mich zu beruhigen, doch es gelang ihm an diesem Morgen nicht. Es siegte nur die Angst. Ich schlug die Hände vor's Gesicht und schrie „Ich kann nichts sehen, ich kann nichts sehen." Ich stand unter Schock, Jürgen war nicht weniger erschrocken.

Erschöpft wurde ich langsam ruhiger und wir suchten einen Augenarzt auf. Der führte einige Tests durch, konnte mir aber nicht wirklich weiterhelfen und schickte mich dann mit einer Überweisung zur Uniklinik nach Münster. So unglaublich es klingen mag, für die Uniklinik war ich kein Notfall. Ja, kommt es denn regelmäßig vor, dass man von heute auf morgen nichts mehr sieht? Es standen viele OPs auf dem Terminkalender und so musste ich tatsächlich fast drei Wochen bis zu meinem Termin warten. Das waren die schlimmsten drei Wochen meines Lebens. Nicht zu wissen, ob alles wieder gut wird oder ob dieser Zustand für den Rest meines Lebens so bleibt. Natürlich hoffte ich jeden Tag, dass es besser werden würde. Aber es blieb dunkel.

Alle aus meiner Familie versuchten, es sich schön zu reden. Doch ich war vorsichtig. Jürgen und meine Mutter begleiteten mich in die Klinik. Dort wurden noch einmal viele Tests gemacht. Die Ärzte kamen zu dem Entschluss, dass sie mir nicht helfen könnten: Diagnose: Atypische Retinitis Pigmentosa. „Gehen Sie nach Hause und machen das Beste daraus", wurde mir gesagt. Als Tipp bekam ich noch mit, einen Psychologen aufzusuchen.

Da hatte ich nun meine Antwort. Es war zwar nicht die Antwort, die ich hören wollte, aber nun hatte ich endlich Gewissheit. Es gab jetzt nichts mehr, was mir hätte helfen können, keine Operation oder Medikamente konnten mir mein Augenlicht wiedergeben. Wir fuhren traurig von der Klinik nach Hause, alle waren geschockt und verzweifelt. Es war ein komisches Gefühl, ich fühlte mich auf einmal so abhängig.

Mir schossen auf einmal tausende Fragen durch den Kopf. Was denkt Jürgen jetzt von Dir? Hast Du noch Freunde? Wie sehen Deine Eltern Dich?

Ich zog mich einige Tage zurück, um mit mir selbst ins Reine zu kommen. Meine ganze Welt brach zusammen. Aber ich nahm mir fest vor, nicht aufzugeben. Das war noch nie mein Ding gewesen. Ich hatte mir doch so viele Ziele gesetzt. Und ich wollte sie erreichen, koste es was es wolle. Schließlich hatte ich einen Energie- und Kraftpool – meinen Schatz. Jürgen versuchte alles, um mich aufzumuntern, hörte mir immer zu, brachte mich zum Lachen. Heute weiß ich, ich habe ihm oft sehr viel abverlangt in dieser schwierigen Zeit.

So hundertprozentig sicher und endgültig ist meine Diagnose bis heute nicht. Nach dem aktuellen Stand der Dinge leide ich unter einer atypischen Retinitis Pigmentosa. Beim klassischen Röhrenblick ist das Sehfeld von außen nach innen eingeschränkt. Bei der atypischen Form ist es genau anders herum, man kann von innen nach außen nichts mehr sehen. Normalerweise ist dies ein langsamer Prozess. Warum ich ohne Vorwarnung und von heute auf morgen mein Augenlicht verloren habe, kann mir bis heute kein Arzt sagen.

Es hat ungefähr ein dreiviertel Jahr gedauert, bis ich wirklich realisiert hatte, dass ich blind bleibe. Ich entschloss mich, in den Blindenverein einzutreten. Bald darauf bekamen wir Besuch von einem alten Ehepaar. Ich werde dieses Treffen nie vergessen. Die Frau war blind, der Mann schob sie durch unsere Haustür. Sie werden sich fragen, woher ich das weiß, wo ich doch nichts sehe. Seit ich mein Augenlicht verloren habe, sehe ich mit den Augen meines Mannes. Jürgen beschreibt mir ganz selbstverständlich jede Situation, ohne dass ich ihn darum bitten müsste.

An diesem Tag schwor ich mir: so willst Du niemals enden! Der Gedanke, dass mich jemand so durch die Gegend schleifen könnte, schreckte mich sehr ab. Später habe ich sogar als Jugendvertretung im Vorstand vom Blindenverein mitgearbeitet. Ja, ich glaube sogar, irgendwie hat mir das alte Ehepaar doch geholfen.

Liebes Tagebuch

Heute ist der 03.11.1993. Nun steht meine Diagnose fest. Ich bleibe mein Leben lang blind. Ich weiß nicht, was ich fühlen soll. Mein Kopf ist voll. Ich habe das Gefühl, dass ich nicht mehr dieselbe bin. Alles, was zuvor wichtig erschien, ist nun so sinnlos. Man kann dieses Gefühl gar nicht beschreiben. Es tut so weh, am liebsten würde ich alles verdrängen. Gestern war die Welt noch in Ordnung und heute ist alles anders. Jetzt kann ich alle meine Träume über Bord werfen. Nichts davon ist mehr umzusetzen. Vielleicht bin ich auch nur noch nicht bereit dafür. Ich bin so durcheinander. Ich habe das Gefühl, meine Seele verlässt meinen Körper. Es fehlt nun etwas. Ich weiß, dass kein Mensch auf der Welt perfekt ist, doch es ist ein verdammt beschissenes Gefühl, wenn etwas fehlt, was vorher vorhanden war. Was man nicht kennt, kann man nicht vermissen. Ich weiß nicht, wie es weiter gehen soll. Tatsache ist, alles geht irgendwie weiter, nur wie? Dieses macht mir Angst. Ich habe viele Jahre eine Internatsschule besucht und war in meinem Leben oft auf mich allein gestellt, das machte mich zu einer selbstbewussten Frau. Und nun soll das alles vorbei sein? Dieser Gedanke macht mich ganz verrückt. Immer in Warteposition: hoffentlich hilft mir einer. Ich kann mich mit dieser Situation einfach nicht anfreunden. Was bleibt dann noch? Mein Kopf sagt: Du kannst! Mein Herz und meine Seele sagen: Ich kann und will nicht mehr! Verdammt, ich weiß einfach nicht, wie es weiter gehen soll und das macht mich ganz krank. Deshalb vertraue ich es Dir an, liebes Tagebuch. Ich muss einfach mit jemanden reden, doch das bist zur Zeit nur du. Ich kann mit keinem anderen darüber reden. Sie meinen es alle sicherlich nur gut, doch genau das kann ich im Moment überhaupt nicht ab. Ich kann ihr Mitleid fühlen und das ertrage ich nicht. Ständig will mir jeder helfen. Ich will nicht, dass mir jemand hilft. Ich will es alleine schaffen. Ich weiß, sie haben es alle nicht leicht mit mir. Ich bin bestimmt egoistisch und ungerecht, aber ich kann jetzt einfach nicht anders. Ich brauche die Zeit, um mein Leben neu zu ordnen. Und wenn mir jeder gute Ratschläge geben will, komme ich hier nie heil heraus. Ich wünsche mir so sehr, dass die Sonne wieder für mich scheint, auch wenn sie ab heute eine andere Farbe hat.

Liebes Tagebuch,
heute ist der 13.01.1994. Ein paar Wochen sind nun vergangen, als ich Dir zum letzten Mal meine allergeheimsten Gedanken anvertraut habe. Es ist immer noch das gleiche Gefühl, es tut so weh. Ich weiß auch nicht, an manchen Tagen bin ich so voller Mut und Tatendrang, das ich fast daran glaube, das ich es irgendwann schaffen kann.

Und fünf Minuten später bricht alles wie ein Kartenhaus über mir zusammen. Diese Gefühlsschwankungen machen mich total fertig. Ich muss den anderen ziemlich auf die Nerven gehen, ich kann mich ja nicht einmal selbst ausstehen.

Es ist ein Kreislauf, in dem ich mich befinde. Ich glaube dadurch, dass ich meine ganzen Ziele, die ich zuvor hatte, aufgeben musste, habe ich den Sinn des Lebens verloren. Der einzige Lichtblick ist Jürgen. Er hat es so schwer mit mir. Er ist immer so lieb und versucht alles, um mich aufzumuntern. Meine Launen sind zur Zeit echt unerträglich. Ich weiß gar nicht, wie er das aushält. Er ist mein Engel. Ich habe große Angst, ihn zu verlieren. Nicht, dass er mich verlassen würde, ich weiß, dass er mich liebt, so wie ich bin, auch mit meiner Behinderung. Trotzdem habe ich Angst, dass das, was nun auf uns zukommt, für Jürgen einfach zuviel wird. Er lässt sich mir zu Liebe nie etwas anmerken, doch ich kenne ihn gut genug, um zu wissen, wie sensibel er ist. Er liebt mich so sehr, dass er zur Zeit wahrscheinlich noch mehr leidet als ich selbst. Ich bin so sauer - auf alles. Ich empfinde im Moment alles so ungerecht. Diese beschissene Krankheit nimmt mir einfach mein Augenlicht und damit auch gleichzeitig meine ganzen Ziele und Träume. Hoffentlich hört diese Wut im Bauch irgendwann auf. Ich weiß heute schon, dass die Erblindung und ich niemals Freunde werden, aber ich will alles daran setzen, um mit dieser Sache klar zu kommen. Nur wie? Meine Omi hat früher immer gesagt: „Die Zeit heilt alle Wunden“. Ich versuche mich jeden Tag aufs Neue daran fest zu halten. Ich muss jeden Tag darüber nachdenken, was für einen Sinn dies haben soll. Ich glaube, dass alles im Leben seinen Sinn hat. Auch wenn ich mich im jetzigen Moment damit sehr schwer tue. Vielleicht, in ein paar Jahren bekomme ich eine Antwort.

Am schlimmsten ist die Dunkelheit, alles ist so trostlos ohne Farben. Die ersten paar Wochen waren richtig schlimm. Ich hatte Angst im Dunkeln. Jürgen musste immer überall die Türen auf lassen, damit ich zumindest etwas hören konnte. Wenn ich früher als kleines Kind Angst im Dunkeln hatte, kam Mama und machte das Licht an. Und wir gingen zusammen nachsehen, ob keine bösen Monster in der Ecke saßen. Jetzt bleibt alles dunkel und man kann nicht mehr nachprüfen, ob jemand im Raum ist. Dadurch fällt viel Sicherheit weg und das macht unsicher. Ich glaube, man kann das auch niemandem erklären, man muss es am eigenen Leib spüren, um zu verstehen. Ich habe Angst, dass ich mich durch die Erblindung zu sehr verändere. Und Jürgen dann nicht mehr die Frau in mir sieht, in die er sich verliebt hat.

Liebes Tagebuch,
heute ist wieder so ein Tag, an dem es mir total schlecht geht. Manchmal habe ich das Gefühl, mein Kampfgeist hat mich verlassen. Ich kämpfe immer wie eine Löwin, doch jetzt habe ich einfach keine Kraft mehr. Ich bin so alle und erschöpft. Ich fühle mich so hin und her gerissen, es ist eine Mischung aus Kampf und Aufgeben. Vielleicht liegt es auch daran, dass ich heute zum ersten Mal mit dem Stock gelaufen bin. Das war ein beschissenes Gefühl. Dass es hart werden würde, war mir klar, doch wie hart, habe ich heute wieder mal am eigenen Leib gespürt. Das Schlimme ist, das ist erst der Anfang. An das Stock laufen werde ich mich niemals gewöhnen, das weiß ich jetzt schon. Es ist so unangenehm. Du fühlst förmlich, wie alle Dich angaffen. Und kannst nichts dagegen tun. Ich bin auf einmal so hilflos.

Es ist unglaublich, bis vor ein paar Wochen war ich es, die anderen hilft, und nun bin ich diejenige, die Hilfe braucht. Es ist so schwer, weil es so gar nicht zu meinem Naturell passt. Seit ich nichts mehr sehen kann, ist alles bedeutungslos geworden. Ich habe schon seit Wochen auch nicht mehr richtig geschlafen. Weil mir immer wieder, Tag wie Nacht der gleiche Gedanke kommt: wie willst Du nur damit fertig werden? Ich will doch nur glücklich sein. Ich will mein Leben zurück. Ich brauche jetzt ganz viel Zeit für mich, um irgendwie damit umzugehen. Ich stehe total neben mir, es sind nun zwei Personen, einmal die junge Frau, die weiß, was sie will und ihr Leben fest im Griff hat und einmal das kleine Mädchen, welches ängstlich in der Ecke sitzt und wartet, dass ihr jemand hilft. In meinem Kopf lässt sich das nicht verbinden. Ich habe große Angst, dass aus diesem ängstlichen Mädchen nie wieder eine selbstbewusste Frau wird.

Der Kampf mit dem Leben

Eines können Sie mir wirklich glauben, das war ein Kampf. Ich hätte nie gedacht, dass es so schwer werden würde. Doch ich war immer ein Mensch, der alles positiv gesehen hat. Und darum stellte ich mich diesem Kampf. Womit ich am meisten Probleme hatte, war, dass ich das Gefühl hatte, keine Frau mehr zu sein. Dadurch, dass mir am Anfang jeder helfen wollte, war es mehr das Gefühl, ein kleines Mädchen zu sein. Heute weiß ich, dass es nichts damit zu tun hat. Es ist das, was man ausstrahlt. Selbstbewusstsein. Und davon hatte ich doch eigentlich genug. Ich musste es nur wieder heraus kramen. Das war gar nicht so einfach, denn wo hatte ich es versteckt?

Es lag also ein hartes Stück Arbeit vor mir. Jürgen hatte es in dieser Zeit nicht leicht mit mir. Der Arme war oft verzweifelt und konnte es kaum ertragen. Er ist so mitfühlend, dass ich oft gedacht habe, er leidet mehr als ich selbst. Mich fragen heute noch viele Leute, wie ich es geschafft habe, so gut damit klar zu kommen. Meine Antwort ist Jürgen. Er will das zwar nicht hören, aber ohne ihn hätte ich es nicht geschafft. Das ist so sicher wie das Amen in der Kirche. Und dafür liebe ich ihn unendlich. Ja, wir beide sind schon ein starkes Team. Der Himmel hat ihn mir geschickt.

Nun begann die Arbeit. Ich musste alles neu lernen. Mich neu zu orientieren, wie ein ABC-Schütze die Punktschrift zu lesen und mit einem Stock zu laufen. Das war für mich das Übelste. Wir beide, der Stock und ich konnten uns lange nicht ausstehen. Heute liebe ich ihn, weil er mich ohne Verletzung überall sicher begleitet. Zuvor hatte ich immer das Gefühl, der Stock passt nicht zu meinem Stil. Was für ein Quatsch, heute weiß ich, das war dumm. Aber junge Mädchen sind halt sehr eitel und ich war da keine Ausnahme. Bis ich das begriffen hatte verging einige Zeit. Und jeden Tag aufs Neue der Kampf. Mein Tagesablauf bestand darin, dass ich fluchte, schrie und vieles mehr. Ich rannte gegen Türrahmen, vor Straßenschilder und noch so Einiges. Ja, das war meine Spezialität. Mein Körper war oft überhäuft von blauen Flecken. Dann nicht zu vergessen, die kaputten Tassen, Gläser und so weiter. Sie werden wahrscheinlich lachen, wenn Sie das lesen. Heute kann ich auch darüber lachen, doch damals überhaupt nicht. Ja, es sind einige Jahre ins Land gegangen. Nun werden es 13 Jahre. Und der Kampf hat sich gelohnt. Ich bin glücklicher als je zuvor.

Ja, ich bin sogar sehr glücklich. Jürgen gab mir alle Unterstützung und Liebe, die ich dafür brauchte, um das alles durch zu stehen. Nach langer harter Arbeit fing alles an, sich zu normalisieren. Wir fingen wieder an, Pläne zu schmieden. Es war fast alles wieder so wie früher. Auf einmal kamen die Träume, die man vor langer Zeit auf's Eis gelegt hatte, wieder. Mein größter Traum war, dass wir heirateten. Ich wollte den Mann meiner Träume so gerne heiraten, aber ich hatte große Angst. Wollte er mich denn so noch heiraten? Heute weiß ich, dass das auch eine von meinen dummen Fragen war. Natürlich wollte er. Er liebte mich doch so. Ja, in dieser Zeit kamen viele solcher Fragen vor. Das war ja mein größtes Problem. Genau das meinte ich, dass war der Kampf mit meinem Leben. Aber nun Schluss, diese Zeit liegt hinter uns und ich hatte Ihnen ja auch versprochen, dass Sie keine jammervolle Geschichte zu hören bekommen.

Dominik

Der schönste Tag im Leben, das war meine Hochzeit. Jürgen und ich planten alles ganz genau. Standesamt und auch die Kirche. Sie müssen wissen, mein größter Traum war, bei meiner Hochzeit in einem langen weißen Kleid mit einem ganz langen Schleier in der Kirche zu stehen. Meine Mutter versuchte mich in der Zwischenzeit davon zu überzeugen, auf den langen Schleier vernünftigerweise zu verzichten. Aber das gelang ihr nicht. Ich hatte mir geschworen, ich bekomme mein Hochzeitskleid mit langem Schleier und wenn ich drei Wochen lang üben muss, um damit laufen zu können. Sie werden es kaum glauben, der Schleier war knapp 5m lang. Ich weiß, dass es vielleicht blöd klingt, aber für mich war es sehr wichtig. Wir hatten eine wunderschöne Hochzeit. Alle Leute, die uns wichtig waren, waren da. Wir haben auch viele aussortiert. Beim Aussortieren kam einiges zusammen. Viele hatten sich mit der Zeit von uns abgewandt. Wegen meiner Augen. Das waren nur so genannte Freunde. Ja, das tat sehr weh. Ich habe es dann aber so gesehen, sie sind nie richtige Freunde gewesen. Und schon wieder hatte ich etwas dazu gelernt: Traue nur Dir selbst, dann ist Dir geholfen. Nach diesen ständigen Tiefs beschloss ich die Ärmel hoch zu krempeln und mir nichts mehr gefallen zu lassen. Zumindest nicht in diesem Leben. Aber Sie glauben ja gar nicht, wie viele dumme Menschen es gibt. Ich freue mich jedes Mal aufs Neue, wenn ich feststelle, ich bin nur blind. Danke lieber Gott.

Als wir von der Hochzeitsreise zurück waren, beschlossen wir, nach Münster zu fahren. Dort ist eine Klinik für Humangenetik. Wir wollten herausfinden, ob wir gesunde Kinder bekommen können. Es ging uns nicht darum, kein behindertes Kind haben zu wollen, sondern einfach nur zu wissen, was auf uns zukommen würde. Aber wie ein Sechser im Lotto, teilten uns die Ärzte freudestrahlend mit, dass wir völlig gesunde Kinder bekommen können. Ich glaube, dass war das Schönste, was ich in meinem ganzen Leben gehört hatte. Kinder waren schon immer das Größte für mich. Unser Traum sollte nun wahr werden. Aber es fehlte ja noch etwas, nun ging es ans Üben, Üben, Üben. Und Bingo, da war ich auch schon schwanger. Jürgen und ich waren total aus dem Häuschen. Tausend Fragen kamen auf, wird es ein Junge oder ein Mädchen? Wird alles gut gehen bei der Geburt? Und noch so einige Fragen mehr. Ich denke, dass mich viele Eltern gut verstehen und es nachempfinden können. Schließlich wurden wir zum ersten Mal Eltern. Und da ist man doch einfach unsicher. Ich war so aufgeregt, es war alles so spannend. Jürgen kam zu jedem Untersuchungstermin bei meiner Frauenärztin mit. Er nahm sich immer extra frei. Der Tag der Geburt rückte näher. Das

Baby sollte im Juli kommen. Wir wussten nicht, was es wird. Ich wurde immer dicker und zum Sommer hin bekam ich auch noch Wasser. Jetzt sah ich aus wie ein Michelin-Männchen. Ich habe nur noch darauf gewartet, dass der Arzt endlich sagt, nun geht es los. Weil das Baby verkehrt herum im Bauch lag musste ein Kaiserschnitt gemacht werden. Der Tag kam und morgens um 8:23 Uhr am 12.07.1996 wurde unser süßer Dominik geboren. Er war und ist unser ganzer Stolz. Es war ein überwältigender Augenblick, als ich ihn zum ersten Mal im Arm halten durfte. Ich denke, dieses Gefühl wird jede Mutter kennen. Endlich waren wir eine richtige kleine Familie. Es war kaum zu glauben.

Der Umgang mit meinem kleinen Baby machte mir nie Probleme. Ich habe mich voll auf meinen Bauch verlassen. Ich habe Dominik gestillt, gewickelt, mit ihm geschmust und ihn angezogen. Jürgen besuchte uns jeden Tag. Nach neun Tagen durfte ich endlich die Klinik verlassen. Das wurde auch Zeit, ich wollte wieder nach Hause.

Daheim angekommen, hatte Jürgen unsere Eingangstür geschmückt. Es war so süß, überall hingen Ballons und ein Schild mit: „Herzlich Willkommen“. Für mich stand ein riesiger Blumenstrauß auf dem Tisch. Ja, so ist mein Schatz, das macht er heute noch. Ich weiß schon, warum ich ihn geheiratet habe. Die ersten Tage hatte Jürgen frei und wir genossen unser Glück zu dritt. Wie die meisten frisch gebackenen Väter war Jürgen im Umgang mit unserem kleinen Schatz am Anfang noch sehr vorsichtig. So badete ich Dominik das erste Mal und Jürgen schaute zu, wie ich den Kleinen anfasste. Er vertraute mir und hatte nie Angst, dass etwas passieren könnte. Im Nachherein kann ich sagen, dass sich der Rest der Familie viel mehr Sorgen darum gemacht hat, wie ich wohl mit dem Baby allein zurecht komme, als Jürgen und ich. Ich war ja schon drei Jahre lang blind und hatte gelernt, meine fehlende Sehkraft mit den anderen Sinnen und vielen kleinen Alltagstricks auszugleichen. Jürgen musste wieder zur Arbeit und ich habe meinen Tagesablauf selbst organisiert. Ich wickelte Dominik nur auf dem Boden. So konnte er mir schon mal nicht von der Wickelkommode herunter fallen. Angezogen habe ich ihn im wahrsten Sinne des Wortes mit Fingerspitzengefühl. In der Wohnung habe ich Dominik viel im Tragetuch direkt bei mir am Körper gehabt. Wir wohnten damals im 3.OG und so habe ich Dominik stets nur gesichert im Maxi Cosi herauf oder herunter getragen. Wenn ich allein mit Dominik draußen war, habe ich nur sichere und mir bekannte Wege benutzt. Es ist letztendlich alles eine Frage der Organisation. Ich habe z.B. ein sprechendes Fieberthermometer und die Informationen auf den Medikamentenpackungen lese ich über die Punktschrift.

Jürgen hatte natürlich alle Steckdosen gegen kleine neugierige Finger gesichert und als Dominik laufen konnte, trug er Klingelsöckchen. So konnte ich hören, wo er gerade war. Er ist mit meiner Blindheit aufgewachsen und kennt es nicht anders. Eine konsequente Erziehung ist gerade bei meiner Einschränkung ganz wichtig. Dominik hat gelernt, in meine Arme zu laufen. Er hört sehr gut und hat schon früh angefangen zu sprechen. Er kennt den Unterschied zwischen seiner blinden Mama und dem sehenden Papa. Bei Papa kann er mit dem Kopf schütteln, bei Mama muss er „nein“ sagen.

Blind ist nicht gleich blöd!

Die Zeit verging und unser kleiner Mann kam in den Kindergarten. Ich wollte morgens wieder arbeiten und gab stundenweise Kurse in Aquaaerobic sowie Fussreflexzonenmassage in einer Heilpraktikerpraxis.

Was ich in dem Kindergarten erlebt habe, können Sie sich nicht vorstellen. Ich habe noch nie zwei so langsame Erzieherinnen erlebt. Ihre Aufgaben sollten eigentlich darin bestehen, mit den Kindern zu spielen, zu singen, turnen und noch vieles mehr. Aber jedes Mal, wenn ich Dominik morgens brachte oder mittags abholte, hörte ich, wie die beiden in der Kaffeeküche miteinander tratschen. „Was habt Ihr heute gespielt?“, fragte ich Dominik. Und an seiner Antwort merkte ich, dass es nicht so interessant gewesen war. Dabei hatte ich gehofft, dass der Kindergarten gerade das ausgleichen würde, was ich nicht konnte, z.B. interessante Spiele mit Farben. In anderen Gruppen schien mehr los zu sein, hier waren die Erzieherinnen engagiert dabei. Andere Mütter, die mehrere Kinder in verschiedenen Gruppen hatten, waren über die Unterschiede zwischen den Teams sehr unzufrieden. Da hatten wir wirklich einen schlechten Kurs erwischt. Leider war ein Wechsel nicht mehr möglich.

Jetzt kam das eigentliche Problem - ich. Diese zwei Erzieherinnen waren, höflich ausgedrückt, sehr ruhig. Also genau das Gegenteil von mir und da hatten wir den Salat. Ich sage das, was ich denke. Und das passt den meisten Menschen natürlich nicht und besonders nicht von einer behinderten Frau. Viele Leute schauen wegen meiner Behinderung fast automatisch auf mich herab. Die beiden Erzieherinnen meinten, mir wie einem kleinen Mädchen sagen zu müssen, was für mich und unseren Sohn richtig sei. Na, das war ja was für mich, die zwei kamen mir gerade richtig. Oft erkläre ich den Leuten meine Geschichte, das mache ich auch gerne, aber ich kann es überhaupt nicht ab, wenn man versucht, mich zu bevormunden.

So, zurück zu den zwei Trantüten. Der Hammer kam eines Abends als wir Elternabend hatten. Ich fuhr mit einer Freundin gemeinsam zum Kindergarten. Dort gab es eine Liste, in die sich jeder eintragen sollte. Ich fragte eine der Erzieherinnen, um was für eine Liste es sich handelte. Nachdem ich mehrmals gefragt hatte und keine Antwort bekam, fragte ich schließlich meine Freundin. Sie erklärte es mir mit zwei Sätzen. Es ging nur darum, seine Telefonnummer einzutragen. Die Liste sollte dann verteilt werden, für den Kontakt der Kinder außerhalb der Kindergartenzeiten. Das war alles. Meine Freundin zeigte mir den Strich der nächsten freien Zeile als Ansatzpunkt und ich trug mich bzw. Dominik ein. Dann knöpfte ich mir die Erzieherin vor: Warum sie mich wie Luft behandeln würde? Ich hatte sie schließlich mehrmals vernünftig gefragt und könnte doch wohl eine Antwort verlangen. Mit den anderen Müttern sprach sie ja schließlich auch. Mir kam der Verdacht, dass sie vielleicht etwas gegen mich hätte. Ich sprach sie also direkt darauf an, ob sie irgendein Problem mit mir hätte. Sie verneinte dies natürlich, doch ich spürte, wie sie total unsicher wurde. Seither gehen wir uns aus dem Weg. Ich denke, sie wusste einfach nicht mit mir umzugehen. Eigentlich kann ich das nicht verstehen. Ich versuche immer meinen Mitmenschen die Angst zu nehmen und auf sie zuzugehen. Meistens klappt das auch, weil ich ziemlich offen und angstfrei bin. Vielleicht war sie auch unzufrieden mit sich selbst und dann komme ich durch die Tür, mit einem offensichtlichen Problem, sprich Blindenstock in der Hand, und trotzdem lachend, gepflegt und sehr selbstsicher. Damit war sie wohl überfordert. Wie kann jemand der blind ist, besser drauf sein als ich? Wir sind in der Zwischenzeit umgezogen und mit dem neuen Kindergarten habe ich glücklicherweise genau das Gegenteil erlebt. Die Erzieherinnen sind sehr liebevoll zu den Kindern, nehmen sich viel Zeit und denken sich immer neue interessante Spiele aus.

Und ich bin nicht die blinde Mutter, sondern werde ganz normal wie jede andere Mutter auch behandelt. Wo man mir helfen kann, wird geholfen. So bekomme ich eben mehr Informationen auf der Tonspur anstelle eines Schreibens.

Ich habe meine Erblindung angenommen. Nur die Umwelt tut sich schwer damit. Und daraus entstehen so viele Probleme, wo keine sein müssten. Ich kenne diese Situationen. Man wird ignoriert oder bemitleidet. Ich kann es nicht ab, wenn ich durch die Stadt laufe und die Leute Mitleid mit mir haben. Was für ein Quatsch. Ich bin nicht zu bemitleiden. Ich habe alles erreicht, was ich mir bisher vorgenommen hatte.

Nur blind?

Und so geht das Tag für Tag. Ich habe mich mit meiner Erblindung abgefunden, nur meine Umwelt nicht. Eigentlich lächerlich, wenn einer jammern darf, dann wohl immer noch das Opfer, oder? Sie machen mein Problem zu ihrem. Ja, so sind die Menschen. Sie wollen immer so schlau sein. Wirklich, ich bin froh, dass ich nur nichts sehe. Ich halte mich wirklich nicht für super schlau, aber ich habe zumindest einen gesunden Menschenverstand.

Wenn mir so etwas nur manchmal passiert wäre, dann hätte ich gesagt, das ist Zufall. Aber so etwas passiert mir leider öfters. Als unser Sohn dann in die Schule kam, ging es gleich weiter. Die Lehrer hatten die gleichen Probleme, mich ganz normal zu behandeln. Und die schimpfen sich tatsächlich Pädagogen. Ich hatte gedacht, dass Lehrer im Laufe ihrer Ausbildung vielleicht in einem kleinen Nebenfach auch lernen, auf behinderte Menschen zuzugehen. Ja, so kann man sich irren. Wissen Sie, es ist einfach nur anstrengend, wenn man den Leuten immer wieder aufs Neue erklären muss, dass man schon groß ist. Ich finde es auch sehr traurig, wenn man auf seine Behinderung reduziert wird. Ein Beispiel: eine Freundin vom Sport wollte mich zu Hause besuchen, um mit mir einen Lehrgang zu besprechen. Sie war vorher noch nie bei uns gewesen und hatte die Hausnummer vergessen. Deshalb kannte sie den Weg nicht genau. Sie hielt in unserer Straße an, um zwei Frauen zu fragen, die sich dort gerade über den Gartenzaun unterhielten. „Können Sie mir bitte sagen wo Michaela Eiben wohnt“? Die beiden Nachbarinnen schauten sich an und schüttelten die Köpfe. Meine Freundin beschrieb mich genauer, Größe, Alter, Haarfarbe, etc. Dann versuchte sie es über unsere Familie, also junges Paar, ein kleiner Junge. „Keine Ahnung“ lautete jedesmal die Antwort. Ich muss dazu sagen, zu diesem Zeitpunkt wohnten wir schon 7 Jahre in dieser Straße. Und ich war täglich draußen. Erst als meine Freundin sagte „Frau Eiben ist blind“, überschlugen sie sich fast. „Ach so, die Blinde, warum haben Sie das nicht gleich gesagt. Ja, die wohnt da vorne“. Es war nur ein paar Häuser weiter. Ist das nicht traurig? Ich habe keine Schwierigkeiten damit zu sagen: „Ich bin eine Blinde“. Es ist ja schließlich eine Tatsache. Aber ich bestehe darauf, erst Michaela Eiben zu sein und dann „die Blinde“.

Behörden und ich

Ja, das ist ein heikles Thema. Als behinderte Person bleibt es nicht aus, dass man regelmäßig Kontakt mit Ämtern und Kassen hat. Ich habe meine Erlebnisse mit diesen Institutionen hier mal unter dem Oberbegriff Behörden zusammengefasst.

Es geht hauptsächlich um Hilfsmittel. Wenn sie das Wort „Hilfsmittel" noch nicht einmal ausgesprochen haben, dann springt Ihnen in den meisten Fällen der Sachbearbeiter schon ins Gesicht. Sie glauben mir nicht? Na, dann passen Sie mal auf.

Ich werde nie vergessen, wie ich einen Blindenstock angefordert habe. Von meinem Augenarzt hatte ich dafür ein Rezept bekommen. Bevor ich mir aber in einem Fachgeschäft für Medizintechnik meinen Blindenstock abholen durfte, musste ich eine Kostenübernahme-bestätigung von der Kasse einholen. Dort regte sich die Sachbearbeiterin furchtbar auf, weil auf dem Rezept zwei Blindenstöcke verschrieben worden waren. Rollstuhlfahrer würden schließlich auch nur einen Rollstuhl bekommen, meinte sie und kürzte das Rezept einfach um einen Blindenstock. Ich stand perplex da, nahm meine Bestätigung für einen Stock und ging nach Hause. Kurz darauf habe ich meinen Augenarzt beim nächsten Termin darauf angesprochen. Da flippte er fast aus. Er griff zum Telefonhörer, rief die besagte Sachbearbeiterin an und machte sie zur Schnecke. Was ihr denn einfiele, seine Verschreibungen eigenmächtig zu ändern? Er klärte sie auf, dass bei Blindenstöcken immer zwei Stück verschrieben werden. Das war schon immer so und sei absolut nichts Neues. Die Sachbearbeiterin hätte es wissen müssen. Mir stehen zwei Blindenstöcke zu. Sollte mal ein Stock aus irgendwelchen Gründen kaputt oder abhanden kommen, muss ich zu Hause immer einen Ersatzstock haben. Das ist sehr wichtig. Und so bekam ich doch noch einen zweiten Stock.

Ich habe einen „Lieblings"-Sachbearbeiter, der hat mich über vier Jahre lang zum Narren gehalten. Er hat mich ignoriert und immer versucht, mir Knüppel zwischen die Beine zu werfen, wo es nur ging. Ich kann nicht sagen, aus welchem Grund er das gemacht hat. Nach unserem ersten unfreundlichen Aufeinandertreffen habe ich versucht, besonders nett zu ihm zu sein, doch es hat alles nichts genützt. Einmal ging es um eine Kostenerstattung, die im Voraus gezahlt werden sollte. Sein Chef hatte dies genehmigt und eigentlich war alles klar. Doch er hat die Zahlung so lange herausgezögert, dass es zum Schluss keine Voraus- sondern eine Nachzahlung war. Als ich ihn darauf ansprach, flippte er total aus und schnauzte mich an: wenn ich mit meinem Haushaltsgeld nicht auskomme, kann er auch nichts dafür. Dann krachte es. Die Kostenerstattung war schließlich nicht für meine Haushaltskasse. Es ging auch nicht um etwas besonders Schönes, was mir gefiel, sondern um eine Hilfe, die ich brauchte, weil ich behindert bin. „Mit Ihnen möchte ich nicht tauschen", sagte ich zu ihm. „Da könnten Sie mir noch ein Bein und einen Arm abschneiden zu meiner Erblindung, das wäre mir lieber, als Ihre Gehirnmasse zu besitzen. Vorausgesetzt, da ist überhaupt etwas drin." Darauf wurde er sauer, aber das machte mir nichts. Schließlich hatte er angefangen, mich zu beleidigen. Und das lasse ich mir nicht mehr gefallen. Achtung bekommt nur derjenige von mir, der auch mir Achtung schenkt. Und er zählte eben nicht dazu. Also trennten sich unsere Wege. Ich bestand auf einen anderen Sachbearbeiter. Den bekam ich dann auch, Gott sei dank. Und hurra, es gibt auch nette Sachbearbeiter. Wenn Sie selbst eine Behinderung haben oder jemand aus Ihrer Familie, kämpfen Sie bitte um Ihr gutes Recht.

Meinen Mann nehme ich schon lange nicht mehr mit zu Behörden. Wenn er mich hingefahren und hinein begleitet hat, stellte ich die Fragen und er bekam die Antworten. Irgendwann fand ich das überhaupt nicht mehr witzig. Ich kam mir vor wie Klein-Michaela mit ihrem Papa. Heute machen wir das so, dass Jürgen im Auto wartet. Oder er sagt: „Meine Frau hat Sie das gefragt, nicht ich“. Dann bekommen die Leute meist eine rote Birne. Viele Leute haben ein Problem damit, dass ich ihnen nicht mehr direkt in die Augen schauen kann. Ich höre zwar, wo sich die Person befindet, die spricht und schaue in die Richtung, nur kann ich natürlich nicht die Augen fixieren. Aber das ist trotzdem kein Grund, mich wie Luft zu behandeln. Ich schaue ja schließlich nicht an die Decke oder aus dem Fenster, wenn sie sich mit mir unterhalten. Es liegt wohl mehr an der guten alten Kinderstube und die Einstellung bzw. Erfahrungen mit behinderten Menschen. Ja, man muss sich einiges erkämpfen, wenn man nicht so ist wie die meisten Menschen. Traurig, oder? Wir können keinen Menschen ändern, aber unsere Einstellung.

Auf den Hund gekommen

Das Härteste, was ich je erlebt habe, war die Geschichte mit meinem Hund. 1998 entschloss ich mich für einen Blindenführhund. Gemeinsam mit der Kasse suchte ich eine Führhundschule aus. Schließlich ging es um viel Geld. Um genau zu sein, liegen die Preise um die 30.000 DM, heute eben in Euro. Wir fanden eine Schule im süddeutschen Raum und preislich lag sie wohl im O.K.-Bereich. Jedenfalls bekam ich von der Kasse grünes Licht. Also setzte ich mich mit der Schule in Verbindung. Ich sage Ihnen, wenn ich vorher gewusst hätte, was da auf mich zukommt, hätte ich die Finger davon gelassen. Nicht wegen des Hundes, sondern wegen der Leute von der Führhundschule. Das war die reinste Abzocke. Es ist so, dass jeder, der einen Hund und ein bisschen Grundstück besitzt, sich Ausbilder einer Führhundschule nennen darf. Die Leute konnten gut reden und natürlich glaubt man erstmal das, was die einem so erzählen. Schließlich hatte ich keine Ahnung, deshalb habe ich die Schule ja zusammen mit der Kasse ausgesucht. So gutgläubig bin ich nicht mehr. Inzwischen bin ich kritischer geworden und frage vieles nach.

Ich legte eine Prüfung ab und der besagte Tag kam, an dem mein Hund kommen sollte. Ein Schäferhund-Rüde. Ich freute mich einfach nur auf ihn. Leider dauerte die Freude nicht allzu lange. Nach einiger Zeit verweigerte er den Dienst als Führhund. Als ich mit ihm einmal unterwegs war, blieb er einfach sitzen. Er wollte nur noch Haushund sein. Dabei hielten sich Freizeit und Dienst immer die Waage. Heute weiß ich, der Hund war total verhaltensgestört. Sie glauben gar nicht, was wir alles durchgemacht haben. Wie wir später herausgefunden haben, war der Hund unter großem Druck ausgebildet worden. Bei uns zu Hause bekam er viel Liebe. Er wollte nicht mehr Führhund sein, weil er dies mit der Ausbildung in Verbindung brachte. Er fing an zu klammern und wollte nicht mehr alleine sein. Es war nicht möglich, ihn für zwei Minuten allein in der Wohnung oder im Auto zu lassen. Wir versuchten alles, aber es half nichts. Als der Hund merkte, dass wir den längeren Atem hatten, fuhr er härtere Geschütze aus. Er fing an, seine Geschäfte im Haus zu verrichten. So ging das nicht weiter. Der Hund sollte mir Freizeit und Unabhängigkeit schaffen, statt dessen hatte ich nur noch mehr Arbeit. Ich meldete mich bei der Führhundschule. Aber das Problem war, die Schule hatte das Geld schon von der Kasse erhalten. Und Sie wissen ja, wie es dann läuft. Haben die Leute ihr Geld, sieht man sie meist nicht mehr wieder. Am Telefon sagte man mir: „das ist jetzt Ihr Hund, sehen Sie zu, wie Sie klar kommen. Einen schönen Tag noch und Tschüß“. Da stand ich nun. Ich habe erstmal nur geheult. Was sollte ich nun machen? Es gelang mir, den Züchter des

Hundes ausfindig zu machen. Er war entsetzt, als er hörte, dass der Hund als Führhund ausgebildet worden war. Dafür war der Hund nicht geeignet und dies war dem Käufer bekannt. Ich meldete mich bei der Kasse und schilderte ihnen alles ausführlich. Ich dachte, zusammen würden wir schon eine Lösung finden. Schließlich hatte man uns übers Ohr gehauen. Die Kasse setzte sich mit der Führhundschule in Verbindung und wem glaubt man wohl mehr? Bingo, mir nicht. Mir wurde sogar von der Kasse unterstellt, dass ich zu blöd sei, mit dem Hund umzugehen. Glauben Sie mir, die haben mich so lange belabert, bis ich es fast selber geglaubt hätte. Aber nur fast. Ich habe daraufhin ein Gutachten von einer neutralen Gespannführerin erstellen lassen und wurde den ganzen Tag geprüft. Es stellte sich heraus, dass ich weder zu blöd noch zu unverantwortlich bin. Da musste es selbst die Kasse einsehen. Glauben Sie, dass sich jemand bei mir entschuldigt hätte? Fehlanzeige.

Ich hätte erwartet, dass sie sich jetzt zumindest das Geld von der Führhundschule wieder holen. Aber nein, es wurde alles schön unter den Teppich gekehrt. Ich habe die Lösung allein gefunden und den Hund zu Freunden von uns in Pflege gegeben. Wir haben noch Kontakt. Er lebt dort heute glücklich als Familienhund.

Hallo Taxi

Noch so eine Geschichte habe ich erlebt, als Dominik in die Vorschule kam. Es ging darum, wie er zur Schule kommen sollte. Dominik war erst 5 Jahre und wir wohnten damals ziemlich abgelegen. Ich wandte ich mich an den Landkreis. Jürgen konnte ihn nicht fahren, weil er schon früh um 7 Uhr in der Praxis sein musste. Er konnte den Jungen ja nicht schon um 7 Uhr an der Schule absetzen, wenn der Unterricht erst um 8:10 Uhr beginnt. Erschwerend kam noch hinzu, dass es auf dem ganzen Schulweg keine einzige Laterne gab. Und keinen Fahrradweg. Deshalb fragte ich beim Landkreis nach Schulbussen. Dort sagte man mir: „Sie wohnen in einem Bezirk, in denen wir keine Schüler mehr einsammeln.“ Na super.

Ich versuchte den Sachbearbeiter davon zu überzeugen, dass man wohl kaum einen 5-jährigen Jungen alleine diesen Weg zur Schule gehen lassen könne. Aber das beeindruckte ihn nicht wirklich. Als ich weitere Argumente aufführte, die einfach auf der Hand lagen und ihm nichts mehr dagegen einfiel, wurde er beleidigend. „Wenn Sie nicht wissen, wie Sie Ihre Kinder zur Schule kriegen, müssen Sie keine in die Welt setzen“. Das war der Gipfel. Ich war es ja gewohnt, dass man mich beleidigt. Aber jetzt ging es um meine Familie und da verstehe ich keinen Spaß. Ich beschloss, mich nicht aufzuregen und eine Treppe höher zu gehen. Dort machte ich eine Dienstaufsichtbeschwerde.

Der zweite Sachbearbeiter versuchte mir klar zu machen, dass wir wohl ein Sonderfall seien. Und ich versuchte ihm klar zu machen, dass besondere Fälle auch besondere Lösungen erforderten. „Frau Eiben, wenn Ihr Kind behindert wäre und nicht Sie, dann gäbe es sofort ein Taxi. Aber Ihr Kind ist gesund und darum hat es keinen Anspruch.“ Toll und wie kommen wir jetzt ins Geschäft? „Gar nicht“, meinte er. „Ich kann leider nichts für Sie tun.“ Es war zum Verrücktwerden. Ich wollte doch nur, dass mein Sohn sicher zur Schule kam. Also entschloss ich mich, noch ein Treppchen höher zu gehen. Endlich hatte ich das Gefühl, da sitzt ein menschliches Wesen vor mir. Er hörte sich meine Situation an. Daraufhin sagte er zu mir, es gibt dafür keine Regelung, aber wir müssen eine Lösung finden. Ja, endlich hatte es einer begriffen. „Und Ihr Mann kann ihn wirklich nicht zur Schule fahren?“ Klar, sagte ich, kann er das, nur dann muss er aufhören zu arbeiten. Ich denke, das würde den Staat mehr als ein Taxi kosten, wenn mein Mann sich arbeitslos melden müsste. „Nun werden Sie mal nicht frech“, meinte er. Ich bin nicht frech. Ich habe nur keine Lust mehr, mich ständig verarschen zu lassen. Wir könnten auch jeden Morgen die Polizei holen, deinen Freund und Helfer. Dominik wäre bestimmt begeistert. Er muss schließlich hin, ab dem Sommer ist er schulpflichtig. Endlich überzeugte ich ihn. Aber auch nur mit der Schulpflicht. Er trug mir auf, mich mit Dominik zum Gesundheitsamt zu begeben. Um dort feststellen zu lassen, dass Dominik noch nicht verkehrstüchtig ist. Wenn die Ärztin mir das bescheinigen würde, hätte ich mein Taxi. Kein Problem, welches Kind ist schon mit 5 Jahren verkehrstüchtig. Ich bekam mein Taxi. Da haben wir es wieder, wenn der liebe Gott mich nicht mit soviel Selbstvertrauen und Hartnäckigkeit ausgestattet hätte, hätte ich vieles nicht erreicht. Ich bin eben eine echte Löwin, erst recht, wenn es um meine Familie geht. Wenn ich heute etwas vom Landkreis brauche, gehe ich gleich nach oben. Dort hat der gute Mann mich nicht vergessen. Und meist bekomme ich es sofort durch. Weil sie wissen: die kommt solange, bis sie hat, was sie will. Und das ist denen zu anstrengend. Als kleinen Tipp: geben Sie nie zu schnell auf, die erzählen Ihnen meist nicht die ganze Wahrheit. Wenn es mit dem Taxi wirklich nicht gegangen wäre, hätte ich es auch beim obersten Chef nicht durch bekommen. Lassen Sie sich niemals entmutigen. Denn dann haben Sie schon verloren. Das hat nichts mit Egoismus zu tun, sondern mit Recht. Es wird so viel Geld zum Fenster heraus geschmissen und für die richtig wichtigen Dinge ist dann kein Geld mehr in der Kasse. Bitte, denken Sie an meine Worte: Niemals aufgeben!

Zwillinge

Da fängt man wirklich an zu grübeln. Aber ich dachte: schlimmer kann es nicht kommen. Falsch gedacht. Als wir uns Anfang 2002 für ein zweites Kind entschlossen, ging es erst richtig los. Im Mai wurde ich auch gleich schwanger. Es war so schön. Jürgen und ich freuten uns sehr. Nur lief es nicht so, wie wir es uns gewünscht hatten. In der 7. Woche bekam ich Blutungen. Darauf hin ging ich natürlich sofort zu meiner Frauenärztin. Ich glaube, ich hatte mein ganzes Leben noch nie soviel Angst. Ich fürchtete so sehr, unser Baby sei nicht mehr am Leben. Die Ärztin versuchte, mit dem Ultraschallgerät das Herz des Babys zu finden. Ich werde diesen Moment nie vergessen. Auf einmal sagt sie zu mir: „Ich habe das kleine Herzchen gefunden, es schlägt und ich habe noch eines gefunden“. Da war ich sprachlos vor Freude. Ich hatte so eine Angst gehabt, dass das Baby tot und dies der Grund für die Blutungen sei. Und auf einmal hatte ich doppeltes Glück. Die Ärztin hätte mir auch sagen können, es seien Vierlinge in meinem Bauch. Es war egal wie viele, Hauptsache sie lebten. Ich konnte mein Glück kaum fassen. Es wurden noch einige Tests durchgeführt, um festzustellen, woher die Blutungen kamen. In der Zwischenzeit wartete ich auf die Ergebnisse. Eine Arzthelferin fragte mich: „Zwillinge, das ist wohl ein Schock für Sie?“ Ich war überrascht und antwortete: „Wissen Sie, wenn ich das Zweite nicht wollte, hätte ich das Erste nicht verdient.“ Sie hatte meine Miene falsch gedeutet. Ich stand nur so geschockt da, weil ich geglaubt hatte, dass mein Baby nicht mehr lebt. Und jetzt so viel Glück. Ich danke Gott heute noch dafür. Zuhause erzählte ich es ganz aufgeregt meinem Schatz. Es war mir klar, dass er sich über alle Maßen freuen würde. Und so war es auch. Er strahlte und war überglücklich. Aber jetzt ging es ans Eingemachte. Wenn einer hätte geschockt sein dürfen, dann ja wohl Jürgen oder ich. Wir wussten, dass es hart werden könnte mit Zwillingen, aber sollten wir uns vorher schon verrückt machen? Voller Stolz erzählten wir fast jedem aus der Familie, dass wir Zwillinge bekämen. Die Gesichter hätten Sie sehen sollen. Ich habe nur die Klappen fallen gehört. Und dann kam: „Oh Gott, wie willst Du das denn machen“? Ich gebe ja zu, dass ich nicht erwartet hatte, dass sie Luftsprünge machen würden. Aber dass sie so schlecht reagieren, hätte ich auch nicht gedacht. Egal, wichtig war nur, dass Jürgen und ich uns freuten und daran glaubten, dass wir es schaffen. Und das taten wir immer.

Als aber einer aus meiner Familie meinte, es wäre besser für mich, ich würde wie Scarlett die Treppe herunter fallen, bin ich ausgeflippt. Das müssen Sie sich mal vorstellen. Ich war es ja von Fremden gewohnt, aber meine eigene Familie. Sie kannten mich schließlich von klein auf. Es war sehr traurig, wie konnten sie nur so etwas sagen? Jetzt hatte ich das Gefühl, dass mir nicht mal meine eigene Familie zutraute, mit dieser Situation fertig zu werden. Und dann auch noch die Hormone während der Schwangerschaft. Ich war richtig fertig. Dabei musste ich vorsichtig sein, ich hatte ja Probleme mit der Schwangerschaft. Und es stand ja auch noch nicht fest, woher meine Blutungen kamen. Eigentlich hatte ich erwartet, meine Familie unterstützt mich ein bisschen. So mit lieben Worten, z.B. „Alles wird gut“ oder „mach Dir nicht so viele Sorgen“. Aber das war wohl nichts. Da habe ich mir gedacht: jetzt könnt Ihr mich alle mal. Denkt und macht doch, was Ihr wollt. Ich schaffe es auch ohne Euch. Schließlich habe ich ja einen tollen Mann. Und zu zweit schaffen wir es.

Als ich zur nächsten Untersuchung musste, stellte sich heraus, dass ich eine Zyste am Muttermund hatte. Es war nicht weiter schlimm. Ich bekam Spritzen dagegen. Doch ich durfte nichts zu Hause machen, außer mich auszuruhen. Meine Freundin Karin half mir viel in dieser Zeit. Bis zum 5. Monat musste ich stramm liegen, danach durfte ich aufstehen. Sport war zwar verboten, aber spazieren gehen hatte mir die Ärztin empfohlen. Es ging mir wieder richtig gut. So ging das bis zum 8. Monat. Am Samstag, den 30.11.2002 passierte es. Der Weihnachtsmarkt war gerade eröffnet. Wir standen mit Dominik am Karussell. Die Stadt war proppenvoll, als ich auf einmal merkte, dass mir

Flüssigkeit weg lief. Ich bat Jürgen, doch bitte eine Toilette mit mir aufzusuchen. Damit wir nachschauen konnten, ob es Blut oder Fruchtwasser war. Jürgen stellte fest, dass alles voller Blut war. Da bekamen wir Angst. Wir alarmierten einen Krankenwagen. In der Zwischenzeit versuchte ich, so gut es ging, in Schonhaltung zu liegen. Damit wir die Babys nicht verlieren. Der Krankenwagen kam sehr schnell. In der Klinik angekommen wurde ich erst einmal untersucht. Die Stationsärztin erklärte mir, dass es unseren Mädchen gut gehen würde. Für weitere Untersuchungen musste ich auf den Gynäkologiestuhl. Und dann passierte es. Ich bekam große Schmerzen und es kam noch mehr Blut. Schnell wurde die Oberärztin geholt, eine kleine Polin. Ich merkte es an ihrem Dialekt und der Höhe, aus der ich ihre Stimme hörte. Sie war eine taffe Person und erfasste die Situation sehr schnell. „Zuviel Blut, wir müssen die Babys holen“, sagte sie. Ich war erst im 8. Monat und wusste, was das bedeutete. „Was, jetzt?“ fragte ich entsetzt. „Ja, sofort“ meinte sie entschieden. Mir schossen die Tränen in die Augen, ich hatte große Angst, nicht vor der Operation, sondern um meine beiden Mädchen. Die Oberärztin versprach mir: „Wenn wir uns jetzt beeilen, geht alles gut. Nur wir müssen sofort operieren, sonst wird es sehr gefährlich.“ Das hatte sie noch nicht einmal ganz ausgesprochen, da war ich auch schon im OP. Dies alles spielte sich innerhalb von 21 Minuten ab. Um 13:11 Uhr kam

Kira und um 13:12 Uhr kam Gina auf die Welt. Beide wurden sofort auf die Intensivstation verlegt. Sie waren noch so klein, nur 1730g und 1810g.

Es war eine Plazentaablösung gewesen. Ich kam nach der Vollnarkose in das Aufwachzimmer der Intensivstation. Als ich aufwachte, ließ mir mein Mutterinstinkt keine Ruhe. Die Schwestern und auch Jürgen versicherten mir zwar, dass es erst mal ganz gut um unsere beiden aussieht, aber das beruhigte mich nicht. Nach 4 Stunden habe ich es nicht mehr ausgehalten. Ich musste zu meinen Töchtern und mich selbst davon überzeugen, dass es ihnen gut geht. Also schnappte ich mir eine Schwester und sagte ihr, sie solle einen Rolli organisieren. Eigentlich hätte ich ja noch gar nicht aufstehen dürfen. Aber meine Kinder ließen mir keine Ruhe. Ich wollte bei ihnen sein, meinen kleinen Engeln Kraft geben und sie spüren lassen: Mama ist bei Euch. Auf der Kinderstation fragte ich die Kinderärztin, wie es um unsere Engel stand. Gina musste noch intubiert werden, ihre Lunge war noch nicht vollständig ausgereift. Aber sie war stabil und Kira auch.

Unsere Lieblinge mussten noch 7 Wochen lang in der Klinik bleiben. Jürgen und ich fuhren jeden Tag in die Klinik, um unseren Kindern das Gefühl von Wärme und Liebe zu geben. Wir fütterten sie per Magensonde. Wir zählen jedes

Gramm, bis der Tag gekommen war und wir sie endlich mit nach Hause nehmen durften. Sie hatten es geschafft.

Eines können Sie mir glauben, jetzt war Leben in der Bude. Es dauerte ein paar Tage bis wir uns ein System geschaffen hatten, wie ich mit jetzt drei Kindern zurecht komme. Jetzt musste der Tagesablauf noch besser geplant werden. Aber das klappte alles besser, als wir gedacht hatten. Zusammen mit Jürgen bereitete ich morgens die Fläschchen für den Tag vor. Dominik war gerade in die 1. Klasse gekommen. Auf der einen Seite konnte er mir bei einigen Dingen schon gut helfen, auf der anderen Seite brauchte er durch den Schulstart selbst viel Zuwendung. Gina und Kira haben sich prächtig entwickelt. Heute merkt man ihnen überhaupt nicht an, dass sie fast 10 Wochen zu früh auf die Welt gekommen sind. Genau wie bei Dominik ist meine Blindheit für die beiden überhaupt kein Problem, sie sind damit aufgewachsen. So wissen sie beispielsweise, wenn Mama mit Volldampf um die Ecke kommt, müssen sie sich bemerkbar machen, sonst läuft Mama sie um. Dann rufen sie: „Mama, ich steh hier“. Auch Gina und Kira konnten schon früh sehr gut sprechen. Wenn sie Jürgen oder mir etwas zeigen, z.B. ein gerade fertig gestelltes Legohaus, heißt es ganz natürlich „Papa, schau mal“ und „Mama, fühl mal“.

Die Leute glauben mir heute noch nicht, wenn ich sage, dass das alles überhaupt nicht so problematisch war. Ich koche selbst, ich wasche selbst, ich backe selbst und auch sonst mache ich alles, manchmal nur anders als früher sehend.

Meine Kinder und mein Mann sind das Beste, was mir je passieren konnte. Ich liebe sie alle so sehr, mehr als mein eigenes Leben.

Freundschaften

Es waren ja nun nicht mehr viele Freunde übrig geblieben. Aber von einer Person möchte ich Ihnen unbedingt erzählen. Meine Freundin Karin. Dieses Thema ist noch sehr frisch. Ich habe sie vor kurzem verloren. Sie ist mit 38 Jahren verstorben. Sie fehlt mir sehr. Karin war eine ganz besondere Frau. Ich möchte Ihnen mehr von ihr erzählen, weil wir dieses Buch zusammen angefangen haben. Die Idee zu dem Buch hatte ich, aber Karin half mir mit allem. Sie war genauso davon angetan wie ich. Wir trafen uns bei ihr zu Hause um ungestört arbeiten zu können. Die Grundidee stand und Karin starb. Da wollte ich mit dem Buch nicht mehr weiter machen. Aber nach einiger Zeit sagte mir eine innere Stimme, „schreib' dieses Buch". Ich kann dieses Gefühl nicht beschreiben, aber ich bin mir sicher, dass es von Karin kam. Also setzte ich mich an meinen Rechner und fing wieder an zu schreiben. Sie war bei mir, das spürte ich ganz fest.

Karin und ich lernten uns über Jürgen kennen. Sie war die Bürokraft in der Praxis, in der Jürgen arbeitet. Als auch ich halbtags dort anfing, lernten wir uns kennen und verstanden uns auf Anhieb. Eigentlich kann man Karin gar nicht beschreiben, weil sie so besonders war. Sie war immer gut drauf. Zu Jedermann freundlich. Manchmal war sie sogar zu lieb. Das wird oft ausgenutzt. Sie gab nur und nahm nie. Egal an welche Situation ich denke, sie war immer da. Sie half mir in der Schwangerschaft mit den Zwillingen. Und auch in vielen anderen Momenten, wenn es mir schlecht ging. Sie liebte unsere Kinder wie ihre eigenen. Ja, Karin war etwas ganz Besonderes. Und wird es immer bleiben.

Liebe Karin, diese Zeilen sind nur für Dich. Egal, wo Du jetzt auch bist, ich werde Dich niemals vergessen. Du wirst immer einen ganz besonderen Platz in meinem Herzen haben. Ich danke Dir für die schöne Zeit, die wir beide hatten. Dieses Buch ist und bleibt unser Buch. Ich möchte es Dir widmen. Irgendwann werden wir uns wieder sehen. Und bis dahin lass' es Dir gut gehen, egal wo Du auch bist. In ewiger Freundschaft, Deine Michaela.

Ja, dann habe ich noch eine Freundin in Oldenburg. Biggi, wir sind seit dem Kindergarten befreundet. Um genau zu sein werden es 31 Jahre. Eine richtig lange Zeit.

Eigentlich sind wir keine Freundinnen, sondern schon eher Schwestern. Ich war als Kind soviel bei Biggi zu Hause, dass ich oft von meinem Vater gefragt wurde, ob ich eigentlich noch daheim wohne. Wir beide haben schon viel zusammen erlebt. Als Kinder und auch als junge Mädchen. Dann bin ich erblindet, doch bei uns hat sich nichts verändert. Wir sind immer noch so chaotisch wie früher, wenn wir aufeinander treffen.

Und dann gibt es da noch meinen Bruder, weil wir gerade bei Chaoten sind. Danny ist 5 Jahre jünger als ich. Er ist schon eine Marke für sich, aber ich lasse nichts auf ihn kommen. Obwohl wir so unterschiedlich sind wie Tag und Nacht. Als Kinder hatten wir ständig Ärger. Wir konnten uns zwar nicht ausstehen, aber wenn es drauf ankam, hielten wir fest zusammen.

Er ist nicht nur mein Bruder, sondern auch mein Freund. Selbst heute lässt er keine Gelegenheit aus, um mich zu ärgern. Und ich quäle ihn heute noch genau so gerne wie früher. Ja, wir sind schon ein komisches Gespann. Bei Geschwistern muss das wohl so sein.

Es sind auch viele Freunde abgesprungen. Diese Zeit war nicht leicht. Aber sie prägt einen. Schwierig ist es, neue Freunde zu finden, wenn man schon blind ist. Fremde Leute geben einem einfach keine Gelegenheit, sich besser kennen zu lernen. Meine Blindheit schreckt sie so sehr ab, dass die meisten Leute sofort die Flucht ergreifen. Erste Neugierde, O.K. Aber dann: „Danke und Tschüss." Ich glaube in den Köpfen der Menschen ist dieses Bild der Hilflosigkeit verankert. Aber ich bin nicht hilflos.

Beispiel: Wenn ich jemanden frage, hast du mal Lust, dass wir beide zusammen etwas unternehmen? Dann bekommen viele Leute Panik. Vielleicht glauben sie, dass sie mich den ganzen Abend durch die Gegend schieben und auf mich aufpassen müssen. Aber wie schon mehrmals erwähnt, Klein-Michaela ist schon groß. Wie soll man jemanden etwas beweisen, wenn man keine Gelegenheit dazu bekommt? Wenn Sie auch so denken, muss ich Sie leider enttäuschen. Wenn ich mit einer Freundin in die Disco gehe, brauche ich nicht auf die Tanzfläche geschoben zu werden. Meist fällt es nicht einmal auf, dass ich blind bin. Erstens kenne ich die Räumlichkeiten und zweitens muss ich den Leuten beim Reden nicht so direkt in die Augen schauen. Daran kann ich merken, wie normal ich mich immer noch bewege. Ich muss dazu sagen, dass man mir meine Blindheit nicht an den Augen ansieht. Und darum sind die Meisten auch erst ganz geschockt, wenn ich ihnen erzähle, dass ich blind bin. Dann kommt meist der Satz: „Wirklich? Kannst Du gar nichts mehr sehen?“ „Nein, nur hell und dunkel.“ Es ist schon witzig, die Leute haben so ein festes Bild von einem blinden Menschen, sprich Armbinde, Sonnenbrille, dumm aus der Wäsche schauen. Oh, ich vergaß den Pottschnitt, lila grün getupftes Blüschen und natürlich eine braune Cordhose. Es ist kein Wunder, dass mir dann keiner glaubt, dass ich nichts sehe. Ich entspreche so gar nicht diesem Bild. Ich bin flott und schlank, gepflegt

und Mode bewusst. Ich lege sehr viel Wert auf mein Äußeres. Das hat etwas mit eigenem Charakter und Willen zu tun und nicht mit der Erblindung.
Beispiel: Wenn man sehr faul ist, ist man es blind wie sehend auch. Was ich Ihnen damit klar machen möchte, ist, dass man so ist, wie man ist, ob gesund oder behindert. Wenn man mich nicht mag, ist das voll in Ordnung. Aber man soll mich nicht mögen, nur weil ich nichts sehe. Als behinderter Mensch bekommt man einfach keine Gelegenheit, sich zu beweisen. Sonst würde vieles anders laufen. Schade eigentlich. Ich möchte doch nur erreichen, dass man sich besser kennen lernt. Falls man sich dann nicht mag, kann man immer noch getrennter Wege gehen. Aber dazu kommt es ja nicht. Es ist schon traurig, wie viele Menschen aneinander vorbei gehen, nur weil sie sich keine Gelegenheit geben, einander besser kennen zu lernen. Was glauben Sie, wie viele Freundschaften dadurch entstehen könnten?

Dabei zählt nur das Innere eines Menschen. Das versuche ich schon lange zu vermitteln, doch es funktioniert nicht.
Beispiel: Wenn ein Blinder ein A...loch ist, war er vorher sehend auch ein A...loch. Entschuldigen Sie bitte den Ausdruck, aber manche Dinge muss man einfach krass rüber bringen. Sonst versteht sie keiner. Denken Sie mal darüber nach.

Für mich bedeutet echte Freundschaft gleich Ehrlichkeit, Vertrauen, sich Tag und Nacht aufeinander verlassen können. Und nicht, ob meine Freundin dick oder dünn ist, reich oder arm, behindert oder gesund, schön oder eben nicht schön und vieles mehr. Traurigerweise leben wir aber nach diesem Motto. Es kommt heute viel zu sehr darauf an, was man im Geldbeutel hat und wie man beruflich da steht. Ein Handwerksberuf hat doch heute gar keinen Stellenwert mehr. Und für die ganz Schlauen ist es nur wichtig, mehr zu besitzen als der Nachbar. Schön blöd. Solche Menschen sind doch richtig arm dran. Sie jagen ihr ganzes Leben etwas hinterher, nur um immer dem anderen einen Schritt voraus zu sein. Dabei merken sie nicht, wie das eigentliche Leben an ihnen vorbei zieht. Ich bin dankbar, dass der liebe Gott mir das Gefühl von Liebe und Dankbarkeit geschenkt hat. Es gibt Menschen, die verschulden sich, um mit dem Auto des Nachbarn mitzuhalten. Verrückt. Charakter hat für mich der, der sich auf sein Fahrrad schwingt und dem Nachbarn noch freundlich zuwinkt.

Berührungsängste

Das Zusammentreffen von Kindern und behinderten Menschen ist einfach toll. Mit ihnen ist am Besten auszukommen. Sie sind offen und sagen immer das, was sie denken. Ich kann über den Umgang mit Kindern nur Gutes berichten. Kinder kommen sofort auf einen zu und stellen angstfrei ihre Fragen. Und wenn ich es ihnen erklärt habe, sind sie damit zufrieden. Sie nehmen mich so, wie ich bin. Bei uns zu Hause ist oft viel los. Dominik bringt oft Freunde mit heim. Nachdem ich es ihnen erklärt habe, ist Ruhe. Ich bin einfach Dominiks Mama. Sie können es annehmen ohne blöde Fragen zu stellen. Sie verstehen es und sehen ja auch, dass ich alles das mache, was ihre Mütter auch tun. Nur anders. Ich wäre schon glücklich, wenn die Erwachsenen so reagieren würden wie die Kinder.

Beispiel: Ich war einkaufen. Als ich an der Kasse meine Sachen bezahlen wollte, stand eine Mutter mit ihrem Kind hinter mir. Ich hörte, wie der Junge seine Mutter fragte: „Mama, was hat die Frau da in der Hand“? Er meinte natürlich meinen Blindenstock. Seine Mutter zog ihn beiseite und zischte ihm zu: „Nicht so laut, sonst hört sie das“. Ich fand das ziemlich doof. Der Junge hatte sie doch nur etwas gefragt und weil die Mutter Berührungsängste mit mir hatte, bekam er Ärger. Also drehte ich mich um und erklärte es dem kleinen Jungen. „Schau mal“, sagte ich zu ihm, „das ist ein Taststock. Den brauche ich, um zu laufen. Ich brauche den Stock, damit ich nicht falle. Ich kann nämlich nichts sehen." Der Junge sprach mich ganz freudig an: „Das ist ja toll. Sie tun sich auch bestimmt nicht weh?" Ich erklärte ihm, dass man lernen muss, mit dem Stock zu laufen. Aber wenn man das gelernt hat, kann man fast unverletzt damit laufen. Und damit war das Thema für ihn durch. Hätte die Mutter ihm das sofort erklärt, wäre es nicht zu dieser peinlichen Situation gekommen. Aber Erwachsene haben einfach eine Angstschwelle. Wenn es die Zeit zulässt, versuche ich es immer den Kindern vor Ort zu erklären. Und seit einigen Jahren gehe ich als Referentin in Schulen. Im Sachkunde-unterricht der 4. Klasse informiere ich die Kinder über alles rund um das Thema Blindheit. Die Kinder dürfen mich alles fragen und sind immer begeistert dabei.

Man muss keine Angst vor mir haben, nur weil ich einen Blindenstock in der Hand halte. Ich beiße nicht. Ich habe nur vor einiger Zeit mein Augenlicht verloren. Ich bitte Sie, haben Sie keine Angst, wenn Sie einen behinderten Menschen sehen. Trauen Sie sich, ihn das zu fragen, was Ihnen wichtig ist. Natürlich nicht, wie oft er auf's Klo geht und auch nicht, wieviel Sex er am Tag hat. Sie lachen, aber mich hat das schon mal jemand gefragt. Aus meiner Nachbarschaft. Sie glauben mir nicht? Es stimmt aber. Wir haben hier eine „Dorfzeitung" in der Strasse wohnen. Und als wir neu hierher umgezogen sind, hatte sie nichts Besseres zu tun, als mich auszufragen. Doch, solche Leute gibt es wirklich. Mich hat auch schon mal jemand in der Stadt gefragt, ob in meinem Stock ein Sensor wäre, weil ich so gezielt laufen würde. Auf die Idee, dass ich mir das mit viel Mühe erarbeiten musste, kommt meist keiner.

Der Hammer war aber, als ein fremder Mann mich in der Fußgängerzone plötzlich wortlos an der Schulter packte und mich auf die andere Seite zog, um mir dort zu sagen: „Hier gehen Sie besser." Das ging alles so schnell, dass ich gar nicht reagieren konnte. Ich habe nur den Kopf geschüttelt und gesagt: „Sie können mich doch nicht wortlos einfach woanders hin befördern."

Wie schon gesagt, Kinder sind einfach anders. Erwachsene tun sich sehr schwer. Meist haben sie Berührungsängste oder sie meinen, man hat einen an der Klatsche. Auf die Idee, dass man in bestimmten Situationen einfach nur eingeschränkt ist, kommen sie nicht.

Behindertenparkplätze

Die meisten Leute wissen nicht, dass man als Blinder auch den Behindertenparkplatz benutzen darf. Natürlich nur mit Begleitung, ich darf ja nicht selbst Auto fahren. Ich habe die Erfahrung gemacht, die allgemeine Meinung ist, nur Leute mit einer Gehbehinderung dürften diese Parkplätze benutzen. Aber das ist falsch. Nun muss man dies ja auch nicht so genau wissen, wenn man nicht betroffen ist. Bevor man allerdings anfängt, jemanden zu beschimpfen, sollte man mal einen Blick in das Fahrzeug werfen, das auf so einem Behindertenparkplatz steht. In unserem Auto liegt ein Pass, der uns erlaubt, hier zu parken. Natürlich gibt es Leute, die stellen ihr Auto unerlaubt auf diesem Parkplatz ab. Die gehören auch angezeigt. Dafür gibt es die Polizei und Ordnungsmitarbeiter der Gemeinden. Darüber hinaus gibt es auch einige Privat-Sheriffs, die sich hierfür zuständig fühlen und nichts Besseres zu tun haben, als anderen Leuten das Leben schwer zu machen. Denen kann ich nur empfehlen: Augen auf und schauen. Schließlich haben Sie ja Augen, man sollte sie zwischendurch ruhig benutzen. Sonst wäre ich gerne bereit zu tauschen.

Ein Beispiel: Jürgen und ich fuhren in die Stadt und wollten bummeln gehen. Auf dem Behindertenparkplatz angekommen, stand schon wieder einer von diesen selbsternannten Sheriffs. Er lauerte förmlich. Ich hatte ja schon erzählt, dass man mir ohne Stock nicht immer sofort ansieht, dass ich blind bin. Ich trage auch keine Sonnenbrille, schließlich habe ich keine lichtempfindlichen Augen. Also ich steige aus unserem Auto aus und laufe selbstsicher auf Jürgen zu. Schließlich kenne ich ja meine Wege im Schlaf. Ich greife nach seiner Hand und wir wollen freudig los marschieren, als uns der Typ einen Strich durch die Rechnung macht. Ohne auf den Ausweis hinter der Fahrzeugscheibe zu schauen, macht er einen riesigen Krach und schnauzt uns an. "Sie können hier nicht parken, das ist ein Behindertenparkplatz." „Wir wissen das, ich bin blind. Unser Ausweis liegt dort im Wagen. Wenn Sie mal hinschauen würden, hätten Sie bemerkt, dass alles seine Richtigkeit hat." Aber er war wohl so mit sich und seiner Schreierei beschäftigt, dass er es nicht schnallte. Darauf hin beschlossen wir, einfach los zu gehen. Wir hatten es ihm ja erklärt. Als wir abzogen und ihn da einfach schreiend stehen ließen, wurde er wohl so wütend, dass er die Polizei alarmierte. Sie sollten uns vom Parkplatz abschleppen. Als wir kurz darauf aus der Stadt zurückkamen, stand die Polizei an unserem Auto. Jürgen fragte: „Ist etwas passiert?" „Nein", sagte einer der Polizisten: "wir möchten nur etwas mit Ihnen und diesem Herrn klären." Der andere Beamte schaute nach dem Pass im Fahrzeug und sagte: „Ich weiß gar nicht, warum Sie hier so einen Aufstand machen. Der

Ausweis liegt ordnungsgemäß dort, wo er hin gehört." Die Polizisten fragten uns, ob wir die Beglaubigung im Auto hätten. Dies ist ein zusätzliches Dokument, denn den Ausweis im Auto hätten wir uns ja von jemanden geliehen haben können. Der Polizist schaute auf die Papiere und meinte, es sei alles in Ordnung: „Bitte entschuldigen Sie, wir machen nur unsere Arbeit." „Kein Problem", sagte ich. Sie glauben ja wohl nicht, dass sich der Schreihals bei uns entschuldigt hätte? Pusteblume. Auf einmal war er schlagartig verschwunden. Und das war leider nicht das einzige Mal, dass uns so etwas passiert ist.

Es war wirklich kein Einzelfall. Eine Zeit lang war es ja noch ganz lustig und wir haben versucht, uns nicht darüber aufzuregen. Aber mit der Zeit ging es uns dann doch gewaltig auf die Nerven. Einmal standen wir gerade auf dem Parkplatz, als wieder so ein Spinner auf uns zu kam. „Hier können Sie nicht parken", schrie er wild. „Und warum nicht?" fragte ich ihn genervt. „Das ist ein Behindertenparkplatz." „Stellen Sie sich mal vor, das weiß ich. Ich bin behindert." Ich hatte keine Lust, es wieder lang und breit zu erklären. Wir ließen ihn stehen und gingen fort. Als wir zu unserem Auto zurückkamen, stand schon der Abschleppdienst da. Der selbsternannte Parkplatzwächter verhöhnte uns laut, es war ein Schauspiel für den ganzen Marktplatz. Er fühlte sich sehr sicher. Aber ich hatte ihn gewarnt. Den Leuten vom

Abschleppdienst zeigte ich meinen Ausweis und damit war das Thema gegessen. Jetzt wurde unser Möchtegern-Sheriff auf einmal sehr kleinlaut. Die Männer vom Abschleppdienst machten den Kerl darauf aufmerksam, dass ihm dieser Spaß teuer zu stehen kommen würde. Da fiel seine Kinnlade nach unten. Ja, wo trifft man die Menschen am meisten? Im Geldbeutel. Ich glaube, der Typ ist für sein Leben geheilt.

Schachfigur

Ja, es gab eine Zeit in meinem Leben, da war ich nur eine funktionierende Puppe. Ein bisschen war ich das auch schon vor meiner Erblindung. Zum Wohl der Anderen. Es ist bequem, wenn die betroffene Person so springt, wie man es gerne hätte. Natürlich habe ich versucht, mich zu wehren. Mein Problem war nur immer, zum Schluss stand ich als die Dumme da. Egal, wie gut ich auch argumentierte. Nichts half. Vielleicht, weil ich mich nicht in dieses Schema hinein drücken lassen wollte. Ich will nicht die Welt verbessern, sondern bin einfach nur eine Frau mit einer eigenen Meinung. Nach meiner Erblindung wollten mir viele aus meinem Familien- und Bekanntenkreis dies nicht mehr zugestehen. Jeder meinte, mir jetzt sagen zu müssen, was ich zu tun und zu lassen hätte. Die einen taten es bewusst, andere vielleicht unbewusst. In deren Augen sollte ich eigentlich abhängig sein. Jürgen hat das nicht so mit bekommen. Irgendwie konnte ich nicht mit ihm darüber reden. Ich hatte eine schwache Phase. Um meine Ruhe zu haben, ließ ich es einige Zeit geschehen. Doch dann merkte ich: das macht mich kaputt. Diese ewigen Bevormundungen erdrückten mich. Jeder mischte sich in mein Leben ein. Ich beschloss: damit ist jetzt Schluss. Ich konnte und wollte es nicht jedem Recht machen. Wenn man blind ist, darf man nicht auf jeden hören.

Wodurch auch immer, ich glaube durch meine Erblindung bin ich sehend geworden. Ich habe eine sehr schmerzvolle Zeit hinter mir. Aber diese Zeit hat mir im wahrsten Sinne des Wortes die Augen geöffnet. Ich habe Herausforderungen bewältigt, von denen ich früher nie gedacht hätte, dass ich es schaffen könnte. Zum Beispiel als Blinde meine drei Kinder zu versorgen. Zwei Kinder waren ja auch geplant, aber Zwillinge kann man nicht planen. Ich wurde einfach ins kalte Wasser geschubst. Es ist mir ganz besonders wichtig, Ihnen zu vermitteln, dass es auch anders geht. Vielleicht durchlebt der eine oder andere von Ihnen auch gerade eine schmerzvolle Krise und fragt jetzt nach dem Sinn. Warum passiert mir das? Ich warte nicht mehr auf einen Wunderheiler, dann würde ich am Leben vorbeigehen.

Wenn man sich nicht ein bisschen Freiraum schafft, ist es sehr schwer, als Behinderter im Leben klar zu kommen. Der erste Satz, den ich oft von Menschen höre, die mich das erste Mal treffen, ist: „Blind, das ist ja schrecklich." Und dann kommt: „Rollstuhl oder etwas anderes, aber nichts sehen, das könnte ich nicht." Sie glauben ja gar nicht, was Sie alles könnten, wenn Sie müssten. Außerdem, Vergleiche ziehen ist blöd. Es gibt keine schlimme Behinderung oder gute Behinderung. Alles ist großer Mist. Es liegt allein an der Person, etwas aus ihrem Leben zu machen. Oder glauben Sie, so etwas wird verteilt? So nach dem Motto: „Du wirst jetzt blind und Du kommst in den Rollstuhl.“ Ich glaube fest daran, dass jeder Mensch etwas aus seinem Leben machen kann, wenn er nur will. Natürlich ist das ein harter Weg. Sie sollten immer versuchen, so zu bleiben, als wenn Sie nicht behindert wären. Jetzt wollen Sie sicher von mir wissen, wie Sie das machen? Ganz einfach, seien Sie einfach Sie selbst. Versuchen Sie nicht, sich anzupassen, nur weil Ihnen eingeredet wird, dass Sie jetzt viele Einschränkungen haben. Sicherlich ist das eine Tatsache, trotzdem ist es kein Freifahrschein für andere, Ihr Leben zu bestimmen; denn das macht kaputt. Ich spreche aus eigener Erfahrung.

Jeder meinte es ja nur gut. Zum Schluss konnte ich diesen Satz nicht mehr hören. Ich stand immer als die Undankbare da. Aber ich hatte selber Schuld. An dem Tag, als ich erblindet bin, gab ich meine eigene Meinung mit ab. Es dauerte eine Weile. Aber dann wollte ich mein Leben zurück. Ich kam endlich zu mir. Wenn Sie selbst oder jemand aus Ihrem Umfeld von einer Behinderung betroffen ist, hier ein Tipp: Lassen Sie sich nur das aus der Hand nehmen, was wirklich nicht geht. Alles andere immer selbst probieren. Trauen Sie sich viel mehr zu. So habe ich z.B. schon eine Sportgruppe geleitet. Und zwar nicht irgendeine Gruppe, sondern Leute, die bei mir einen Lehrgangsschein gemacht haben. Ich war im Vorstand einer Jugendgruppe.

Wir gaben Kurse für Hochleistungssportler. Ich stand mit einer Kollegin aus einem anderen Kurs in der Turnhalle und wartete auf meine Gruppe. Die Teilnehmer wussten, dass der Kurs von einer blinden Frau geleitet wird. Ich hatte mein übliches Sport-Outfit an, eng und bauchfrei. Die Halle füllte sich und ich hörte, wie ein Mann zu einem anderen sagte: „Schau mal da, die sieht gut aus!" „Ja, die gefällt mir auch." Meine Kollegin sagte leise zu mir: „Die meinen Dich." Ich wurde rot. Eine andere Person sagte: „Hast Du die Blinde schon gesehen?" „Nein, noch nicht", war die Antwort von einem weiteren Teilnehmer. Dann ging es ans Vorstellen. Ich trat vor und sagte: „Hallo, mein Name ist Michaela. Ich führe Euch heute durch diesen Kurs. Und bevor es nun endlich los geht, möchte ich Euch nur kurz sagen, dass Ihr mich bei einer Frage bitte direkt ansprecht. Wie Ihr ja wisst, bin ich blind und kann euren Augenkontakt nicht deuten. Also, einfach laut meinen Namen rufen. O.K., dann geht's jetzt los, viel Spaß." Ich konnte die Gesichter zwar nicht sehen, aber ich konnte die Reaktionen spüren. Die waren so platt, mit mir hatten sie nicht gerechnet. In der Pause wurde ich mit Fragen gelöchert. Wie ich es schaffe, so sicher aufzutreten. Schließlich hatten sie mich erst als Blinde erkannt, als ich mich vorstellte. Glauben Sie nicht, dass ich keine Angst hatte. Ich wusste auch nicht, wie die Leute auf mich reagieren und dieser Tag enden würde. Ich möchte Ihnen nur eines klar machen, Sie können alles, wenn Sie es nur genug wollen. Denken Sie immer daran. Sie sollen natürlich nicht lebensmüde werden. Ich möchte nur zeigen, dass man auch, wenn man eingeschränkt ist, viel Spaß haben kann. Sie brauchen nur etwas Mut und müssen wissen, wo Ihre Grenzen sind. Hören Sie einfach auf Ihren Bauch und lassen sich nicht entmutigen. In Ihnen steckt mehr, als Sie glauben. Das Leben kann so schön sein, wenn Sie sich nicht von anderen Leuten abhängig machen. Sie haben nur dieses eine Leben, ob gesund oder behindert.

Rezept für ein glückliches Leben

Es ist alles nur eine Frage der Einstellung. Wenn man versucht, aus allem Negativen das Positive heraus zu ziehen, dann klappt es. Es klingt sehr einfach, aber das ist es nicht. Es ist für jeden ein hartes Stück Arbeit. Ob gesund oder nicht, spielt keine Rolle. Was zählt, ist nur der Wille und der Glaube an sich selbst. Am wichtigsten ist, dass man an sich selbst glaubt. Dann kann man alles erreichen. Auch ohne fremde Hilfe. Schöner und einfacher ist es natürlich mit Familie und Freunden. Wenn man die Behinderung erst später bekommt, wie auch immer diese aussieht, hat man nicht mehr so viel Selbstbewusstsein wie früher. Weil man ja bedingt immer auf jemanden angewiesen ist. Das macht die Sache nicht gerade einfacher. So ging es mir vor 13 Jahren auch. Mir ging immer durch den Kopf:

- Du kannst kein Auto mehr fahren
- Du kannst nicht mehr alleine Rad fahren
- Du kannst nicht mehr im Spiegel sehen,
  ob alles richtig sitzt

Die Männer werden jetzt sicher lachen. Es geht nicht darum zu schauen, wie hübsch man ist oder nicht. Sondern einfach um das Gefühl der Selbstsicherheit. Ich denke, das kennt jeder. Wenn Ihnen der Pulli nicht gefällt, den Ihnen die

Verkäuferin andrehen will, ziehen Sie ihn ja auch wieder aus, oder? Weil Sie für sich entschieden haben: der steht mir nicht. Egal, was die Verkäuferin alles erzählt, um den Pulli zu verkaufen. Und da haben wir den besagten Punkt. Sie haben für sich entschieden: ich mag den Pulli nicht. Sie fühlen sich mit dem Teil nicht wohl. Sehen Sie, und so geht es mir auch. Ich muss auf meinen Bauch hören. Das klappt allerdings nicht immer.

Inzwischen habe ich meine Stärken herausgefunden und mich daran fest gehalten. Sie müssen nicht aufzählen, was Sie alles nicht gut können, sondern das hervorheben, was Sie besonders gut können. Dann finden Sie auch Ihr Selbstbewusstsein wieder. Ich hätte nie gedacht, dass ich einmal ein Buch schreiben würde. Ich selbst wäre nie auf die Idee gekommen. Andere haben den Anstoß gegeben. Eine Patientin meinte einmal zu mir: „Sie hätten besser Anwalt oder Politiker werden sollen." Ich sagte darauf hin: „Gefalle ich Ihnen als Therapeutin nicht?" „Doch, so war das nicht gemeint. Ich meinte damit nur, dass Sie sich gut ausdrücken können." Dies blieb nicht der einzige Hinweis. Es kamen noch ähnliche Äußerungen von anderen Leuten. Darüber machte ich mir Gedanken und entschloss mich schließlich, ein Buch zu schreiben und meine Stärken in dieses Buch mit einfließen zu lassen.

Ein Grund war auch, anderen Menschen ein paar Dinge klar zu machen. Ich weiß, ich kann die Welt nicht verändern, aber ich möchte es zumindest probiert haben. Mein Motto lautet nämlich: geht nicht, gibt es nicht. Es geht immer nur dann nicht, wenn man es nicht probiert hat. Bis jetzt habe ich fast alles erreicht, was ich mir vorgenommen habe. Und so soll es auch bleiben. Es ist wichtig, auf das eigene Gefühl und die innere Stimme zu hören. Egal, was andere dazu sagen. Auch wenn Sie ganz allein damit stehen. Versuchen Sie alles, um es umzusetzen. Wirklich alles, dann klappt es meist auch.

Ich kenne das Gefühl, wenn man mit seiner Meinung alleine da steht. Wenn man sagt, was man denkt. Das ist oft nicht leicht, aber wichtiger ist, dass Sie davon überzeugt sind und kein anderer. Versuchen Sie einfach nur, sich auf Ihre Stärken zu konzentrieren. Was können Sie besonders gut? Und wenn Sie das herausgefunden haben, sind Sie ein ganzes Stück weiter.

Wenn Sie Ihre Stärken gefunden haben, setzen Sie diese gezielt ein. Das funktioniert, glauben Sie mir. Sie müssen natürlich auch durchhalten, sonst bringt es nichts. Die Stärken einsetzen und ein guter Wille, dann klappt es. Auch wenn Sie keine Behinderung haben, gilt das genauso. Dieses Buch habe ich für Jedermann geschrieben.

Für mich ist es wichtig, dass das Zwischenmenschliche stimmt. Egal, wer sich mit wem auseinander setzt. Es zählt nur, dass man sich gegenseitige Achtung schenkt. Egal, ob meinem Gegenüber ein Bein fehlt oder nicht. Wichtig ist doch nur, dass die Wellenlänge passt. Eine ganz wichtige Zutat für mein Rezept für ein glückliches Leben ist mein Mann. Der Partner hat sehr großen Einfluss auf die eigene Stimmung. Ich bin froh, dass ich den richtigen Partner gefunden habe. Wir haben uns während unserer Ausbildungszeit kennen gelernt. Unsere Ehe funktioniert nur deshalb, weil Jürgen mich trotz Erblindung immer noch genauso behandelt wie vorher. Wenn er das nicht könnte, würde es nicht klappen. Für ihn bin ich immer noch die Frau, die er vor 16 Jahren kennen gelernt hat. Liebe ist sehr wichtig im Leben. Zu zweit ist es immer einfacher. Mein Leben ist trotz so vieler Einschränkungen sehr erfüllt. Ich habe einen Traummann und drei süße Kinder. Was will ich mehr? Natürlich nur eines, das wir alle immer gesund bleiben, mehr nicht. Wenn man sich auf's Wesentliche im Leben konzentriert, lebt man glücklich. Wichtig ist nicht, wie viel Geld man besitzt oder wie viele Häuser man hat, sondern eine ausgeglichene innere Einstellung. Glauben Sie mir, das macht glücklich. Das Leben ist nicht leicht, das weiß ich. Aber wenn Sie versuchen, in allem Negativen auch das Positive zu sehen, funktioniert es.

Aktivitäten trotz Behinderung, das ist ein Thema für sich. Es kommt darauf an, was für eine Behinderung man hat. Ich kann in diesem Fall nur von mir erzählen. Als Blinder ist es wirklich nicht so einfach, weil Sie ja wirklich zu fast jedem Hobby Ihre Augen benutzen müssen. Aber man kann schon noch einiges machen. Man muss nur lange genug danach suchen. Wichtig ist, dass man überlegt: was habe ich vorher sehend gemacht? Und was kann ich jetzt noch davon nutzen? Beispiel: Wenn Sie z.B. vorher getöpfert haben, können Sie das auch blind weiter machen. Haben sie aber vorher Töpfern schon total bekloppt gefunden, werden Sie bestimmt nicht damit anfangen, wenn Sie blind sind. Logisch, oder? Bei mir war es z.B. das Singen. Ich habe vorher immer gesungen und das kann man ja schließlich auch ohne Augenlicht. Tanzen klappt genau so gut wie früher. Doch ab da wurde es schon komplizierter. Früher bin ich viel Rad gefahren. Das ging nicht mehr, also musste ich umdenken. Heute fahren wir Tandem. Ich habe früher sehr viel gelesen. Heute mache ich das über Punktschrift oder Hörbücher. Und die Arbeit am PC hat sich auch verändert. Mein Rechner ist ein ganz normaler PC, wie er in vielen Büros zu finden ist. Nur dass ich eine Punktschriftzeile unter der Tastatur habe. Über einen Scanner kann mir der PC meine gedruckte Post vorlesen. Das ist schon super. Danke an die Leute, die den Rechner für mich so umkonstruiert haben. Sonst wäre mein Buch nicht zustande gekommen.

Ich mache viel Sport. Das brauche ich, um meine ganze Energie abzulassen. Ich gehe in ein ganz normales Sportstudio. Ich probiere immer erst alles aus. Sie wissen doch noch: geht nicht, gibt's nicht. Irgendwie schaffe ich es immer. Mir hat geholfen, dass ich eine sehr gute Orientierung habe und das ist als Blinder die halbe Miete. Meist bekomme ich die Wege einmal gezeigt und dann fege ich alleine durch die Gegend. Die Leute, die mich kennen, wissen das schon.

Viele fragen sich wahrscheinlich, wie ich meinen Haushalt alleine schaffe. Natürlich ist eine gute Organisation ganz wichtig. Ich platziere Eimer und Putztuch einfach nur anders. Früher konnte ich die Sachen ohne Bedenken abstellen. Schließlich brauchte ich mich ja nur umzuschauen, um sie wiederzufinden. Ordnung und Sauberkeit hat nichts mit Behinderung zu tun, sondern mit Erziehung und Reinlichkeit. Da ich nicht mehr sehe, ob mal wieder Staubwischen nötig ist, putze ich nach einem festen Plan. Staubwischen, Bad putzen, Boden saugen. Den einen oder anderen Legostein habe ich auch schon mal erwischt. Aber das höre ich ja und Jürgen holt ihn abends dann wieder aus dem Staubsauger heraus.

Ordnung ist eine Grundvoraussetzung bei uns zu Hause. In unserer Wohnung hat alles seinen festen Platz. Die Bodenvase darf eben nicht einfach mal so von links nach rechts versetzt werden. Weil ich dann dagegen laufen würde. Und in meinem Gewürzregal muss auch immer alles an seinem Platz sein. Sonst schmeckt das Essen nicht.

Ich habe einen etwas älteren Herd mit Drehknöpfen. Im Uhrzeigersinn kann ich fühlen, welche Temperaturstufe eingestellt ist. 12:00 Uhr ist aus, 3:00 Uhr ist Stufe 1, 6:00 Uhr ist Stufe 2 und 9:00 Uhr ist Stufe 3. Die modernen Geräte mit digitaler Anzeige und Touch Panel-Schalter sind nichts für mich. Meine Backrezepte habe ich alle im Kopf. Und statt 200 Gramm Zucker nehme ich halt zwei Tassen Zucker. Ich probiere auch gerne neue Rezepte aus. Ich habe inzwischen ein sehr gutes Gedächtnis. Außer meinen Rezepten kann ich Ihnen z.B. auch sämtliche Telefonnummern aus unserem Adressbuch auswendig sagen.

Ich möchte Ihnen auch noch andere Dinge vorstellen: Brettspiele zum Beispiel, von Schach bis Mühle ist alles möglich. Die Figuren vom Mensch-ärgere-dich-nicht-Spiel für Blinde haben z.B. unterschiedlich Formen. Es gibt Tastwürfel und sprechende Würfel. Das sprechende Fieberthermometer hatte ich ja schon genannt. Es gibt auch sprechende Blutdruckgeräte und sogar Uhren. Diese Teile habe ich auch. Eine Uhr benutze ich gleichzeitig als Schlüsselanhänger. Die habe ich meist in meiner Handtasche. Es passiert schon mal, dass ich mich im Café aus Versehen auf meine Tasche setze. „Es ist 17:37 Uhr“, grölt es dann aus der Handtasche. Voll peinlich. Alles dreht sich zu mir um. Aber mittlerweile habe ich mich daran gewöhnt und fange meist an zu lachen.

Michaela Eiben…

… mit ihren Zwillingen Kira und Gina…

… mit Sohn Dominik

Michaela Eiben will sich nicht verstecken

Kira, Michaela, Gina und Jürgen Eiben

Kira und Gina mit Mama auf dem Spielplatz

Michaela Eiben mit Christine Westermann vom Hase Verlag bei der Vorstellung des Buches auf der Frankfurter Buchmesse

Jürgen Eiben, Frank Elstner und Michaela Eiben bei der Preisverleihung zur „Familien-Managerin 2006“ in Berlin

Jürgen

Ja, ich habe ihn gefunden, meinen Traummann. Er ist einfach der Größte für mich. Glauben Sie mir, es ist keine Dankbarkeit, sondern die Liebe meines Lebens. Sie denken jetzt: die ist nur so begeistert, weil es ihr erster Freund gewesen ist. Dann liegen Sie falsch. Meine vorherige Beziehung dauerte ganze drei Jahre. Aber wir passten einfach nicht zusammen. Er war ein lieber Kerl, doch wir waren zu unterschiedlich. 1990 begegnete ich zum ersten Mal Jürgen. Dieser Moment ist ganz fest in meinem Herzen. Ich spüre heute noch dieses Gefühl von Aufregung, wenn ich daran denke. Wir trafen uns in einem Café. Meine Freundin Claudia und ich saßen gemütlich am Tisch. Das Café lag auf dem Gelände unserer Ausbildungsstätte. Jürgen machte eine Umschulung und ich meine Ausbildung als Masseurin und medizinische Bademeisterin. Ich sehe diesen Moment noch oft vor meinem inneren Auge. Jürgen kommt durch die Tür und meine Freundin Claudia stupst mich an. „Hast Du den gesehen?" Ich muss dazu sagen, zu diesem Zeitpunkt konnte ich noch sehen. Also schaute ich mich um und sah ihn. Da stand er nun, der Mann meiner Träume. Groß, knackig, blond, strahlend blaue Augen und ein Lächeln, das ich nicht beschreiben kann. Dann sagte ich zu meiner Freundin: „Gib's auf, bei dem hast Du keine Chance. Es gibt bei solchen Männern nur zwei

Möglichkeiten: schwul oder besetzt.“ Er hörte nicht auf zu lächeln, bestellte sich vorne am Tresen einen Kaffee und kam dann gezielt auf unseren Tisch zu. Meine Freundin kreischte unterdrückt: „Der kommt hierher.“ Kaum zu glauben. Er kam wirklich an unseren Tisch. Und dann fragte er uns, ob er sich zu uns setzen dürfe. Wir waren so sprachlos, dass einige Sekunden vergingen, bis er eine Antwort bekam. „Klar“, sagte meine Freundin. Dadurch, dass noch einige Tische frei waren, wussten wir nun, dass er eine von uns beiden wohl näher kennen lernen wollte. Nur welche von uns beiden? Ich machte mir keine Hoffnungen: vielleicht will er auch einfach nur neue Leute kennen lernen. Schließlich kamen wir alle aus den verschiedensten Städten. Mein Verstand sagte mir: der ist eine Nummer zu groß für Dich. Also träumte ich weiter. Wir kamen alle ins Gespräch und stellten dann fest, dass Jürgen genau wie ich aus dem hohen Norden kam. Schon mal eine Gemeinsamkeit. Die zweite Gemeinsamkeit war, dass wir beide die gleiche Ausbildung machten. Das hieß also, ich würde ihn ab heute öfter sehen. Der Hammer war dann, dass wir bei der Klasseneinteilung zufällig in dieselbe Klasse eingeteilt worden waren: Jürgen und ich. Ich dachte: jetzt werde ich verrückt. Da musste ich mich schon damit abfinden, im Wohnheim Wand an Wand mit meinem Traummann zu wohnen und jetzt sollte ich ihn auch noch jeden Tag im Unterricht sehen. Wie sollte ich das nur aushalten? Also entschloss ich mich, stark zu sein und meine Gedanken zu verdrängen. Das klappte am Anfang auch ganz gut. Die Zeit verging und wir lernten uns immer besser kennen. Nach einem halben Jahr waren wir wirklich gute Freunde. Doch dann kam dieses Gefühl wieder hoch. Ich hatte es ja schließlich nur unterdrückt. Aber die Angst war zu groß, um ihm meine Liebe zu gestehen. Ich fürchtete: wenn ich es ihm jetzt sage und er es nicht erwidert, ist unsere Freundschaft kaputt. Und das wollte ich um keinen Preis. Dafür war mir unsere Freundschaft zu wichtig. Also, was tun? Alle wussten, dass wir uns liebten, nur wir beide nicht. Es war wie verhext. Wir verbrachten jede Sekunde miteinander und berührten uns doch nie. Heute weiß ich, dass es Jürgen damals genauso ging wie mir. Er hatte Angst, etwas zu tun, was alles kaputt machen könnte.

Meine Freundin Claudia konnte sich das irgendwann nicht mehr mit ansehen. Sie beschloss, etwas zu unternehmen. Eines Tages kam sie in mein Zimmer und sagte zu mir: „Schreib‘ mal bitte Deinen Namen auf dieses Blatt.“ Ich wusste zwar nicht, was sie damit vorhatte, aber bitte, ich tat es. Ich dachte mir nichts dabei, weil Claudia öfter irgendwelchen Blödsinn machte. Später verriet sie mir, dass ich eine Liebeserklärung für Jürgen unterschrieben hatte. Ich wollte ihr den Brief entreißen, doch sie entwischte mir. Jetzt stand ich da. Das war vielleicht ein merkwürdiges

Gefühl. Einerseits war ich erleichtert, weil ja nun endlich eine Entscheidung fiel. Nur, wie würde sie enden, positiv oder negativ? Ich fühlte mich, als wenn ich auf einer tickenden Zeitbombe sitzen würde. Eine ganze Zeit verging. Schließlich mussten wir ja wieder zum Unterricht. Jürgen hatte an dem Tag andere Kurse und ehrlich gesagt, war ich ganz froh darüber. Aber dann, mittags, klopfte es an meiner Tür. Na, wer war das wohl? Richtig, Jürgen. Ich war in meinem ganzen Leben noch nie so rot und ruhig wie in diesem Augenblick. Dann sagte er zu mir: „Ich habe Deinen Brief bekommen." Ich wäre am liebsten im Erdboden versunken. Wie sollte ich ihm klar machen, dass ich den Brief gar nicht geschrieben hatte, aber trotzdem alles wollte, was im Brief stand. Ich weiß noch heute, in meinem Zimmer stand ein Sessel, in den setzte er sich und sagte dann er zu mir: „Wenn Du möchtest, können wir es ja versuchen." Hui, war ich verlegen. Ich konnte überhaupt nichts dazu sagen. Wir schauten uns an wie immer. Mir fiel überhaupt kein einziges Wort ein und es wurde still im Raum. Da mussten wir beide lachen. Mist, dachte ich, jetzt hast du es verbockt. Es war Freitag und das Wochenende stand vor der Tür. Er fragte mich, ob ich Lust hätte, heute Nachmittag mit ihm in die Stadt zu fahren. Tausend Dinge gingen mir auf einmal durch den Kopf. Schließlich fand ich die Idee gut und sagte: „Klar, machen wir". Wir trafen uns nachmittags an Jürgens Auto. Ob Sie es glauben oder nicht, den ganzen Nachmittag passierte rein gar nichts. Als wir wieder aus der Stadt kamen, fragte ich ihn, ob er heute Abend schon etwas vor hätte? Nein, habe er nicht. „Gut, dann bin ich um 20:00 Uhr bei Dir.“ „O.K., bis dann.“ Ich muss dazu sagen, dass das auch nichts Ungewöhnliches war, weil entweder Jürgen zu mir kam oder ich zu Jürgen ging. Und das Witzigste war, Jürgen schmiss mich immer pünktlich um 22:00 Uhr lieb aus dem Zimmer. Nur an diesem besagten Abend kam alles anders. Ich ging wie versprochen in Richtung von Jürgens Zimmer. Es war alles so aufregend. Ich wusste jetzt, dass er mich mag und sich eine Beziehung mit mir vorstellen kann. Die ganze Zeit ging mir nur eines durch den Kopf: was passiert wohl heute Abend? Endlich in Jürgens Zimmer angekommen, sahen wir uns an und strahlten beide. Doch es passierte wieder nichts, bis es auf 22:00 Uhr zuging. Ich schaute gespannt auf die Uhr. Es wurde langsam Zeit, mich hinaus zu befördern. Ich hatte mich schon richtig daran gewöhnt. Dann fingen wir an, eine Kissenschlacht zu veranstalten. War auch nicht ungewöhnlich. Hatten wir auch schon öfter gemacht. Beim Toben landete ich mit meinem Kopf auf seinen Bauch und unsere Hände berührten sich. Er streichelte meine Hand. Ich sagte zu ihm: „Es wird Zeit, mich nach Hause zu schicken, es ist gleich 22:00 Uhr.“ „Nein, noch nicht gehen!“ Da wusste ich, dass noch etwas passiert. Ich setzte mich aufrecht hin. Er schaute mir in die Augen und dann küsste er mich ganz vorsichtig. Und seit diesem Tag sind wir unzertrennlich. Wir haben in diesem Augenblick gespürt, dass wir beide zusammen gehören. Und zwar für immer. Es war wunderschön, alles war so neu und aufregend. Dieses Gefühl hat uns nicht getäuscht. Wir sind heute noch genauso verliebt wie früher. Trotz vieler Probleme und Hindernisse. Es war nicht immer leicht. Schließlich bin ich in der Zwischenzeit erblindet. Ja und noch das eine oder andere Alltagsproblem. Aber wir haben sie bekämpft und gesiegt. Es gibt nichts außer dem Tod, der uns beide trennen könnte. Ich liebe diesen Mann einfach über alles. Obwohl wir so verschiede Naturen sind, funktioniert es. Man muss natürlich auch eine Menge dafür tun. Wichtig ist, immer auf den Anderen einzugehen und das, was er möchte, auch wirklich ernst zu nehmen. Es gibt ein schönes Sprichwort: Liebe heißt, den Anderen so zu lieben wie er ist und nicht zum eigenen Vorteil zu verändern. Ich bin davon überzeugt, dass wir zusammen geführt worden sind. Auch wenn Sie das für Quatsch halten, ich glaube fest daran. Nicht umsonst haben wir beide unsere Ausbildung in Mainz gemacht. 600 km von zu Hause entfernt. Warum sollten wir uns dort kennen lernen? Wir wohnten beide in Norddeutschland nur 91 km von einander entfernt. Die Wahrscheinlichkeit, dass wir uns zu Hause begegnen würden, war 1000mal größer als in Mainz. Ja, der Himmel hat ihn mir geschickt. Er ist mein Stern. Ich lass‘ ihn niemals los.

Aussehen

Das Thema hatte ich schon kurz angeschnitten. Aber es braucht noch ein paar mehr Zeilen mehr. Eine Behinderung bedeutet nicht automatisch, dass man schlecht aussieht. Das Eine hat doch nichts mit dem Anderen zu tun. Erstmal ist gutes Aussehen ja auch Geschmackssache, oder? Nicht jeder findet blondes Haar schön oder mag blaue Augen. Dem Himmel sei Dank, sonst wäre es ja langweilig. Ich habe die Erfahrung gemacht, dass viele Leute einem Behinderten kein gutes Aussehen zugestehen. Darüber kann ich mich tierisch aufregen. Was geht in solchen Leuten vor? Glauben die wirklich, dass schlechtes Aussehen nur behinderten Menschen aufgebrummt wird? Na, dann schauen Sie sich mal öfter um. Wenn Ihnen das bis jetzt nicht aufgefallen ist, dann waren Sie die ganze Zeit blind und nicht ich. Natürlich gibt es Leute, die mit ihrer Behinderung nicht so toll aussehen. Aber das hat ja nichts mit der Behinderung zu tun. Es gibt auch viele nicht behinderte Menschen, die mit Sicherheit keinen Schönheitspreis gewinnen werden.

Auch als behinderter Mensch muss man nicht ungepflegt durchs Leben laufen. Ich habe mich entschlossen, Bilder von mir mit in dieses Buch aufzunehmen. Ich bin bestimmt nicht jedermanns Geschmack, das will ich auch gar nicht sein. Trotzdem bin ich eine junge Frau, die sich nicht verstecken muss. Ich möchte mit den Bildern erreichen, dass die Leute endlich aufhören, Behinderte in eine bestimmte Schublade zu stecken. Wir sind alle nur Menschen. Viele von uns vergessen, dass eine Behinderung auch sie selbst treffen kann. Durch Unfall oder Krankheit. Mir ging es ja schließlich auch 21 Jahre gut und dann kam es über Nacht. Ich denke, dass ich beide Seiten gut verstehen kann. Schauen Sie sich die Fotos an, würden Sie mich sofort als eine Blinde erkennen, wenn Sie es nicht wüssten? Denken Sie einmal darüber nach.

Kinder kriegen und Figur, das ist für viele Frauen ein wichtiges Thema. Ich habe trotz meiner drei Kinder immer noch die gleiche Kleidergröße wie früher. Viele werden jetzt sagen: die hat einfach nur Glück gehabt. Und ich sage Ihnen, solange nichts Medizinisches vorliegt, ist das die größte Ausrede der Nation. Während der Schwangerschaft habe ich natürlich auch ordentlich Kilos zugelegt. Bei Dominik waren es 17 Kilo und bei Gina und Kira 15 Kilo. Wichtig ist, sich während der Schwangerschaft nichts anzufressen. So frei nach dem Motto: ich muss jetzt für zwei essen. Jeder Arzt wird Ihnen bestätigen, dass Sie ganz normal weiter essen sollen. Er wird Ihnen nur raten, mehr gesunde Sachen wie Obst und Gemüse zu essen. Außerdem viel Bewegung. Falls man nicht gerade eine Risikoschwangerschaft hat, kann man sogar die meisten Sportarten betreiben. Inzwischen gibt es ja zum Glück auch flotte Schwangerschaftskleidung, so dass ausschließlich Gymnastikhosen und Shirt aus der Abteilung Zelt nun wirklich nicht sein müssen.

Dies betrifft ja nur die Frauen. Aber was für Männer und Frauen gleichermaßen zutrifft, ist das Thema Attraktivität in der Partnerschaft. Es wäre fatal, wenn Sie glauben, dass Sie ab dem Traualtar einen Freifahrschein besitzen. Wer so denkt, hat schon verloren. Ich habe festgestellt, mein Partner wünscht sich, dass ich so bleibe, wie er mich kennengelernt hat. So hat er sich ja schließlich auch in mich verliebt. Dafür muss man schon etwas tun. Und zwar ein ganzes Leben lang. Niemand hat gesagt, verheiratet zu sein sei Zuckerschlecken.

Ein schönes Gesicht ist ein wesentlicher Beitrag zu einem guten Aussehen. Nun sind die Geschmäcker ja, wie gesagt, verschieden. Aber für alle gilt folgender kleiner Tipp: Keine Zigaretten, die machen faltig. Viel Flüssigkeit zu sich nehmen und vor allem, viel Lachen. Das trainiert die Gesichtsmuskulatur und es ist medizinisch erwiesen, wie gesund es ist.

Nun zu der Bekleidung. Ich finde es sehr wichtig, dass jeder Mensch seinen eigenen Stil findet. Lassen Sie sich nichts aufschwätzen. Versuchen Sie heraus zu finden, was zu

Ihnen passt. Von der Farbe und vom Schnitt. Stil wird nicht durch den Geldbeutel bestimmt, sondern einzig durch einen selbst. Genauso ist es bei den Haaren. Wichtig ist, womit Sie sich wohl fühlen und nicht das, was zur Zeit Mode ist. Das war lange ein Problem bei mir. Ich kam stets verzweifelt vom Friseur wieder. Zwar erklärte ich den Friseurinnen genau, was ich wollte, doch dann klopften sie mir auf die Schulter und sagten: „Wir machen Ihnen was Schönes." „Ich möchte aber nichts Schönes, sondern das, was ich Ihnen gesagt habe." Das haben sie lange Zeit nicht verstanden. Bis ich dann mal richtig böse geworden bin. Die haben nur gesehen: die Kundin ist blind, die kann sich so oder so nicht im Spiegel anschauen. Also machen wir das, was wir meinen. Aber den Zahn habe ich denen ganz schnell gezogen. Schließlich war ich eine Kundin wie jede andere auch.

Nun zu den inneren Geheimnissen: Viel Selbstbewusstsein - man kann das lernen. Versuchen Sie mit Ihrem Partner, sich gegenseitig seelisch und moralisch zu unterstützen. Bauen Sie sich auf, wenn einer von Ihnen am Boden ist. Sagen Sie ihm, dass Sie an ihn glauben. Dass Sie ihm die Bewältigung schwieriger Herausforderungen zutrauen und ihn unterstützen werden. Und was immer auch passiert, dass er sich auf Sie verlassen kann. Und der größte Trick von allen ist ganz viel Liebe.

Augenblicke

Es gibt Leute, die glauben fest daran, dass Menschen mit einer Behinderung keine eigene Meinung haben dürfen. Aber das ist falsch. Wer so denkt, lebt wohl noch im Mittelalter. Nur weil Behinderte in bestimmten Situationen nicht wie Gesunde handeln können, heißt das noch lange nicht, dass wir in anderen Momenten nicht reagieren. Da machen es sich einige zu einfach. So nach dem Motto: der hat eine Behinderung, also ist er doof. Und weil es solche Leute gibt, haben wir Behinderten es manchmal doppelt schwer. Sie können sich gar nicht vorstellen, wie anstrengend das sein kann.

So war ich zum Beispiel eines schönen Tages in der Stadt zum Einkaufen. Besser gesagt zum Bummeln, wie Frauen das ja lieben. Das habe ich sehend schon gerne gemacht und blind ist es nur ein bisschen anders. Aber es kann genauso viel Spaß machen, wenn alle mitmachen. Ich gehe also in ein Modehaus, um mir ein paar Ideen zu holen. In den meisten Geschäften kenne ich mich inzwischen gut aus und weiß, wo welche Sachen liegen. Bei neuen Geschäften oder nach einem Umbau brauche ich etwas länger und salopp gesagt, ich fummel mich dann so durch. In dem Modehaus fand ich auch relativ schnell etwas, was mir gefiel. Also beschloss ich, es mit zur Kasse zu nehmen, um mich dort weiter zu informieren. Sprich Farbe und Größe und natürlich auch den Preis. An der Kasse angekommen, fragte ich die Verkäuferin, ob sie mir kurz behilflich sein könne? Erst kam gar nichts und ich dachte, dass dort niemand steht. Dabei war ich mir sicher gewesen, etwas gehört zu haben. Doch dann merkte ich, wie noch eine Verkäuferin hinzu kam und die andere an der Kasse ansprach. Sie unterhielten sich über den neuesten Dorftratsch: „Hast Du schon gehört, ...?“ Stellen Sie sich bitte einmal vor, Sie wären in meiner Situation gewesen. Sie sind blind, fragen höflich nach einer Auskunft und bekommen keine Antwort. Dann merken Sie, dass doch jemand hinter dem Verkaufstresen sein muss, weil eine weitere, offensichtlich sehende Person dazu kommt und diese anspricht. Wie blöd würden Sie sich da vorkommen? Ich bin zwar blind, aber inzwischen kann ich sehr gut einschätzen, ob jemand da ist. Vielleicht hatte ich die Verkäuferin gerade bei einer anderen Arbeit gestört, O.K., aber dann hätte sie es zumindest sagen können. Wie wäre es mit: „Einen Augenblick bitte, ich muss dies noch fertig machen, dann komme ich zu Ihnen.“ Ich erwarte ja nicht, dass man sofort springt, wenn ich um Hilfe bitte.

Nun ja, die zwei Verkäuferinnen unterhielten sich munter und behandelten mich wie Luft. So etwas kann ich ja auf den Tod nicht leiden. Also entschloss ich mich, in diesem Laden mal ein bisschen Wind zu machen. Ich fragte die zwei Tratschtanten provokant, ob sie vielleicht für zwei Minuten ihr Kaffeekränzchen unterbrechen könnten, um mir zu helfen. Da meinte eine von ihnen doch frech zu mir, dafür wären sie nicht da. Die schnallte noch nicht einmal, dass ich blind war, obwohl mein Blindenstock sie fast biss. Von dieser Antwort musste ich mich erst einmal erholen. Da frage ich mich doch, was wohl deren Aufgabe als Verkäuferin sein soll, wenn sie nicht für Fragen der Kunden da ist. Ist doch egal, ob blind oder sehend. Auf jeden Fall machte mich diese Antwort nur noch stinkiger. „Ihr beide habt sie ja nicht alle“, sagte ich zu ihnen. Das fanden sie nicht wirklich witzig und holten den Geschäftsleiter. Damit waren wir endlich einer Meinung. Sie meinten bis zu diesem Zeitpunkt immer noch, dass sie im Recht wären. So etwas Dämliches hatte ich noch nie zuvor erlebt. Der Chef ließ sich die Situation erklären, er war sehr ruhig und sachlich. Dann kam das Erwachen. Er sah es genau so wie ich, dass seine sogenannten Verkäuferinnen lieber ein Schwätzchen hielten, anstatt die Kunden zu bedienen. Ich fürchte, der Tag ging nicht so gut für die beiden Klatschweiber aus. Ach ja, ich habe dann höchst persönlich vom Chef erfahren, dass mein heutiges Kleid schwarz ist und 79 Euro kostet.

Ein anderes Beispiel: Ich stand an einer Ampel ohne akustisches Signal, als ich hinter mir Schritte hörte. Ich drehte ich mich um und fragte: „Könnten Sie mir bitte sagen, wann grün ist, damit ich mit rüber kann?“ Es kam keine Antwort. Ich verstand nicht, warum die Person mir keine Antwort gab. Schließlich wollte ich weder über die Straße getragen noch geschoben werden. Dann hörte ich, wie eine weitere Person dazu kam. Ich drehte mich zu ihr um und meinte dann: „Wären *Sie* vielleicht so nett, mir zu sagen, wann die Ampel grün wird? Der Person hier fällt nämlich ein Zacken aus der Krone.“ „Selbstverständlich“, sagte eine Frauenstimme. Es wurde grün und wir überquerten die Straße. Auf der anderen Seite angekommen, fing die Frau laut an zu lachen. Dann sagte sie zu mir: „Dem Kerl haben Sie es aber gegeben.“ Darauf hin ich ganz trocken: „Wieso?“ „Als Sie mich gebeten haben, hat er einen knallroten Kopf bekommen. Man sah ihm gut an, wie verlegen er war.“ Muss so etwas sein? Habe ich kein Recht auf eine Antwort? Wenn er „nein“ gesagt hätte, wäre es auch in Ordnung gewesen. Aber mich dumm stehen zu lassen, ist gemein. In den letzten 11 Jahren habe ich viel gelernt und lasse mir den schwarzen Peter nicht mehr zustecken. Er war es, der mit einer hochroten Birne davon ging.

Auch so eine Geschichte war vor einigen Jahren mein Kurs im Bewegungsbad. Ich übernahm den Kurs Aqua Sport im Bad. Vorher hatte mein Mann diesen Kurs gegeben. Aber wegen der vielen Arbeit bot ich ihm an, diesen Kurs zu übernehmen. Ich fragte ihn und er meinte nur: „Gerne, wenn Du Dir das zutraust." Und ich antwortete ganz entschlossen: „Klar, ich probiere es einfach aus, dann komme ich ja dahinter." Gut, also brauchte ich nur noch unsere Chefin zu fragen. Die meinte daraufhin nur: „Mittlerweile traue ich Dir alles zu. Wenn Du meinst, gut, dann übernehme den Kurs." Gut, die hatte ich nun überzeugt und jetzt ging es ans Eingemachte. Wie schaffe ich es, den Kurs zu leiten? Ich stellte Musik zusammen und plante fleißig. Der besagte Tag kam. Ich war tierisch aufgeregt. Ich werde es nie vergessen, die Leute aus dem Kurs waren nicht gerade begeistert, als sie erfuhren, dass nun eine Andere die Stunde übernimmt und dann auch noch eine, die nichts sieht. Sie reagierten ziemlich gemein. So nach dem Motto: ich möchte für mein Geld auch etwas haben. Das hörte ich alles schon in der Umkleidekabine. Mir war überhaupt nicht mehr zum Lachen zu Mute. Im diesem Moment hätte ich am liebsten weinend die Flucht ergriffen. Und das war ja noch nicht alles, im Bad ging das Gelästere fleißig weiter. Eine Frau war dabei, die hatte die größte Klappe und hetzte allen anderen noch mit auf. Ich dachte nur: was würdest Du jetzt darum geben, Dich in Luft auflösen zu können? Aber ich bin Sternzeichen Löwe und kämpferisch. Und was hatte ich denn groß zu verlieren? Aufgeben war noch nie mein Ding und vor allem nicht, wenn ich es noch nicht einmal versucht habe. Ich holte tief Luft und fing an. Ja, da stand ich nun am Beckenrand und spürte, wie mich alle ganz erwartungsvoll anschauten. Dann passierte es, sie wollten mich zerreißen. „Warum machen Sie nun diesen Kurs? Wir wollen aber richtig viel Power! Können Sie das überhaupt?“ Und so ging das mindestens 5 Minuten lang. Da stand ich nun, voll an die Wand gedrückt. Dann holte ich tief Luft und sagte: „Sie haben doch vorhin schon überlegt, ob ich Ihr Geld wert bin. Aber wenn Sie noch lange darüber labern, werden Sie es nie erfahren. Sie können doch jetzt noch gar kein Urteil abgeben. Wenn Sie hinterher beschließen, dass ich schlecht war, gehe ich sofort aus dem Bad und komme auch niemals wieder zurück, einverstanden?“ „Na gut“, hieß es. „Aber bitte mit viel Power.“ Sah ich so lahm aus? Also dann, ich fing an. Und auf gut deutsch gesagt, ich riss mir den Arsch auf. Ich glaube, ich habe in meinem Leben noch nie so einen Sport gemacht wie an diesem Abend. Ich habe immer nur gedacht: wenn sie dich danach auch nicht mehr wollen, sollen sie aber nicht sagen können, dass wir keine Power hatten. Die Stunde ging um und ich war ziemlich fertig. Aber sie waren es noch mehr. Ich hatte sie geschafft. Es war ein hartes Stück Arbeit, aber ab diesen Tag liebten sie mich. Sie sprachen über mich nur noch in den höchsten Tönen. Jürgen war mächtig stolz auf mich und ich war es auch.

Kraft tanken auf Wangerooge

1999 war ein Jahr, in dem ich sehr abgespannt war. Darum entschloss ich mich, mit meinem Sohn Dominik in eine Kur zu fahren. Ich ging zu unserem Hausarzt, um ihm davon zu überzeugen, dass eine Kur jetzt genau das Richtige für uns beide wäre. Unser Hausarzt hatte keinerlei Einwände. Er gab mir einen Zettel mit, auf dem ich alle meine Daten aufschreiben und dann bei der Krankenkasse einreichen sollte. Mein Hausarzt fragte mich noch, wo ich denn gerne hin wolle? Das war eine gute Frage. Schließlich musste ich ja auch an den Kleinen denken. Dominik war zu diesem Zeitpunkt ja erst drei Jahre alt. Dann fiel mir ein, dass ich als Kind mit meiner Mutter auch zur Kur war und zwar auf Wangerooge. Dieser Gedanke gefiel mir sehr gut. Dort fuhren keine Autos und alles ist nicht so groß. Also beschloss ich: wir fahren nach Wangerooge. Wie mit dem Arzt besprochen, füllte ich gemeinsam mit Jürgen den Fragebogen aus und gab ihn bei der Krankenkasse ab.

Zuhause überlegte ich mir erst mal, wie das nun alles laufen sollte, also die Reise und der Aufenthalt. Als ich die Zusage und die Adresse vom Kurhaus hatte, rief ich dort an, um mehr zu erfahren. Das war vielleicht witzig. Dieses Gespräch werde ich nie vergessen. „Hallo, mein Name ist Michaela Eiben, ich trete bei Ihnen im Herbst eine Kur an.

Und wollte mir vorher ein paar Informationen holen." „Ja, sicher, was möchten Sie denn wissen?" „Also, ich muss gleich dazu sagen, ich bin blind und möchte mit meinem Sohn, der drei Jahre alt ist, zu Ihnen kommen." Die gute Frau am Telefon war erst mal sprachlos. „Ja", kam dann langsam, „wir hatten schon behinderte Kinder hier, aber noch keine behinderten Eltern." Ich meinte nur locker zu ihr: „Öfter mal was Neues." Das fand sie aber gar nicht witzig und versuchte, mir die Kur in ihrem Hause auszureden. Aber das beeindruckte mich ganz und gar nicht. Eines ihrer Bedenken war z.B. das Frühstück. „Sie müssen sich alles selbst auf den Teller legen und ebenso das Abendbrot. Ja und die Wege, wir haben keine Zeit, um Sie den ganzen Tag zu betreuen." Ich musste lachen und erwiderte: „Hören Sie mal, Sie brauchen mir das alles nur einmal zeigen, mich muss niemand betreuen." War ich etwa die erste blinde Mutter, die mit ihrem Kind zur Kur fährt? Schließlich bekommen es die sehenden Mütter ja auch einmal gezeigt. Da gingen ihr die Argumente aus und sie sagte erschlagen: „Gut, wenn sie meinen."

Im November war es endlich soweit. Jürgen fuhr uns zum Schiff. Er fehlte mir schon beim Abschied. Aber ich freute mich auch sehr auf die Kur. In Wangerooge angekommen, wurden uns die Zimmer zugeteilt. Unser Zimmer lag natürlich gleich neben dem der Ärztin. Ich packte unsere

Koffer aus und bezog die Betten, damit Dominik ins Bett konnte. Schließlich war es schon 21:00 Uhr. Dann rief ich noch schnell meinen Schatz an, um ihm zu sagen, dass alles in Ordnung sei und ich ihn über alles liebe. Am nächsten Morgen spazierten Dominik und ich in den Frühstückssaal. Ich setzte den Kleinen auf den Stuhl und sagte zu ihm: „Bleib schön hier sitzen, bis Mami wieder kommt. Mami holt uns Brötchen und Kakao." Dominik war schon immer ein sehr liebes Kind gewesen. Es liegt sicherlich auch mit daran, dass er auf Grund meiner Behinderung schon früh gelernt hat, Verantwortung zu übernehmen. Auf jeden Fall konnte ich mich darauf verlassen, dass er hier jetzt nicht durch den Saal hüpft. Nur deswegen konnte ich schon so früh mit ihm zur Kur fahren. Also ging ich los, um wie versprochen, Brötchen und Kakao zu besorgen. Den Raum kannte ich schon von dem Abendessen am Tag zuvor. Ich hatte mir gemerkt: das Buffet ist vom Eingang aus 10 Schritte entfernt auf der linken Seite. Auf der rechten Seite sind die Tische und Stühle. Eines können Sie mir glauben, ich war die Nr.1 in diesem großen Ess-Saal. Ich spürte förmlich, wie mich auf einmal alle beobachteten. Das macht mir nichts mehr, aber man kann es als Blinder spüren, dass man begutachtet wird. Neugierig, interessiert und ängstlich wurde ich von Kopf bis Fuß durchleuchtet. Einige der Frauen trauten sich sogar, mich anzusprechen. „Hallo, soll ich helfen?" „Nein, danke schön, es ist alles in Ordnung“, meinte ich. Und so kam ich mit den ersten Frauen in Kontakt. Ich muss sagen, es war viel einfacher als ich es selbst erwartet hatte. Sie waren zwar alle ein klein wenig vorsichtig, weil sie nicht wussten, wie ich reagiere. Aber als sie merkten, dass ich locker drauf bin, wurde es von Tag zu Tag angstfreier. Ich war einfach nur Michaela, die mit ihrem Kind in der Kur war. Ab diesen Moment hatte ich zum ersten Mal das Gefühl, genauso so zu sein wie alle anderen. Es war ein gutes Gefühl, um genau zu sein, ein richtig gutes. Endlich begann meine Kur. Ich konnte mich entspannen. Und mich fallen lassen, um mit Dominik schöne Dinge zu unternehmen. Das tat richtig gut. Endlich konnte ich mich ganz auf das Kind und auf mich selbst konzentrieren. Schließlich war ich ja auch aus diesem Grund zur Kur gefahren. Ich hatte das Gefühl, dass die Frauen alles von mir wissen wollten. Sobald sie sich trauten, mit mir ins Gespräch zu kommen, löcherten sie mich. Ich kenne den Unterschied zwischen plumper Neugierde und ehrlichem Interesse. Aber es war wirklich Interesse. Jeden Tag sprach mich die Ärztin im Haus an, ob sie irgend etwas für mich tun könne? „Mir geht es sehr gut hier und bis jetzt klappt alles hervorragend.“ Sie meinte noch: „das hatten wir uns ganz anders vorgestellt.“ „Wieso? Ist etwas nicht in Ordnung?“ „Nein, ganz im Gegenteil. Es ist einfach unglaublich, wie Sie Ihr Leben im Griff haben. Ich erlebe oft Frauen, die über so viele Kleinigkeiten jammern. Und bei

Ihnen ist es genau anders herum.“ Ich war von Ihrer Offenheit überrascht und versuchte ihr zu erklären, dass das nichts mit einer Behinderung zu tun hat, sondern nur mit dem Willen. Sicherlich beschwerlicher, wenn man eingeschränkt ist. Trotzdem berechtigt es nicht zum Aufgeben.

Einerseits tat es sehr gut, so viele Komplimente zu bekommen. Aber ich konnte gar nicht damit umgehen, ich war es nicht gewohnt. So viele nette Worte, das haute mich fast um. Trotzdem genoss ich es in vollen Zügen. Und dann lernte ich Gabi kennen. Sie arbeitete in der Bäderabteilung als Physiotherapeutin. Wir hatten vom ersten Augenblick die gleiche Wellenlänge, nicht nur berufsbedingt, sondern auch privat. Der Kontakt besteht noch immer. Und dann war da noch Andrea, die erste Woche der Kur war schon um und wir hatten noch nicht ein Wort gewechselt. Aber dann, beim Wasserkochen in der Teeküche kamen wir ins Gespräch. Ab diesem Moment waren wir so miteinander vertraut, dass es schon unheimlich war. Überall, wo wir zusammen auftraten, fragte man uns, ob wir Freundinnen wären, die zusammen mit ihren Kindern zur Kur fahren. Wir beide fanden das total lustig. Wir machten auf die Leute den Eindruck, als wenn wir uns schon eine Ewigkeit kennen würden. Dabei ist es als behinderter Mensch nicht einfach, neue Leute kennen zu lernen. Wir lachten den ganzen Tag und unsere Kinder spielten miteinander. Andrea hatte zwei

Kinder und war im fünften Monat mit dem dritten schwanger. Das Witzigste war, dass wir beide am Heimatort nur ca. 10 km auseinander wohnten. Wir telefonieren und besuchen uns heute noch. Bei der Geburt ihres dritten Kindes war ich mit im Kreissaal. Ihr Mann war beruflich in England. Wir hatten viel über Kinder gesprochen und so hatte sie mich gefragt, ob ich sie begleiten wollte. Es war ein wunderschönes Erlebnis. Ich habe vor Freude geheult. Nachdem ihr Sohn geboren war, durfte ich sogar die Nabelschnur von dem kleinen Amon durchschneiden.

Es war wirklich schön auf Wangerooge, trotzdem freute ich mich sehr darauf, Jürgen wiederzusehen. Ich fühlte mich richtig gut. Ausgeruht und sonnengebräunt. Dann kam der Tag der Heimreise. Alle lagen sich in den Armen und heulten. Ja, wir waren uns alle ziemlich nah gekommen und das machte den Abschied doppelt schwer. Dominik hatte es auch gut gefallen, dennoch freute er sich sehr darauf, seinen Papa wiederzusehen. Er war so aufgeregt als das Schiff anlegte, dass er sich losriss und seinem Papi direkt in die Arme lief. Die Wiedersehensfreude war bei uns allen sehr groß.

Das Licht in meinem Herzen

Eine Sache möchte ich auch noch gerne zu Papier bringen, den Glauben an etwas. Es ist nicht wichtig, an wen man glaubt, sondern das man glaubt. Ich gehöre auch nicht zu denen, die jeden Tag in die Kirche gehen. Aber es gibt in meinem Herzen ein Licht, das ich fühlen kann. Und dafür bin ich dankbar. Gott oder wer auch immer dort oben sitzen mag, gibt mir die Kraft, an etwas zu glauben und das lässt mich meine Situation aushalten. Ich finde es lebensnotwendig, an etwas zu glauben. Viele Menschen glauben, dass Gott dort oben straft. Doch das stimmt nicht. Sie geben ihm die Schuld für schlimme Dinge. Doch er straft nicht, er gibt uns die Kraft, um schlimme Erlebnisse durchzustehen. Gott hat auch nicht die Autos erfunden, mit denen wir rasen und Unfälle bauen. Gott sagt auch nicht, wir sollen uns gegenseitig umbringen. Wir Menschen geben nicht gerne unsere Fehler zu. Dafür suchen wir lieber einen Sündenbock. Sicherlich ist es schwer, einen geliebten Menschen zu verlieren, aber wer sagt uns denn, dass es ihm dort nicht besser geht, wo er jetzt ist. Wir sind in dem Moment einfach egoistisch, wir wollen nicht zurückbleiben. Ich finde es sehr wichtig, Licht, Wärme und Liebe in sich zu haben. Das ist Gottes Geschenk an uns. Leider spüren das viele Menschen nicht mehr. Ich versuche es auch meinen Kindern zu vermitteln. Es ist im Leben nicht wichtig, ob man reich oder arm ist. Entscheidend ist nur, wie viel Güte und Nächstenliebe man hat. Und das man niemals vergessen sollte, dass man ein Mensch ist. Wer all diese Eigenschaften besitzt, ist ein glücklicherer Mensch. Es ist ein gutes Gefühl, jemandem zu helfen und macht zufrieden. Was ist denn so schlimm daran, z.B. seinem Gegenüber einen schönen Tag zu wünschen oder beim Einkaufen den Vordermann anzulächeln. Auch ein Blinder merkt, wenn sie ihm freundlich begegnen. Er sieht zwar nicht ihr Lächeln, aber er spürt es. Es gibt viele solcher kleiner Dinge. Und das ist besser, als nur an sich selbst zu denken. Die Einstellung: „wer mir nicht die Tür aufhält, dem halte ich sie auch nicht auf" ist nicht richtig. So darf man es nicht sehen. Ich halte die Tür auf, weil ich es gerne mache und nicht, weil ich irgendeine Erwartungshaltung habe. Das meine ich mit innerer Wärme. So lange sie an etwas glauben, an was und wen auch immer, es wird Ihnen helfen. Sie werden glücklicher leben, als jemand ohne Glaube.

Ein Beispiel: Die Geschichte mit der dramatischen Geburt unserer Zwillinge habe ich Ihnen ja schon erzählt. Mir hat der Glaube dabei sehr geholfen. Vom ersten Moment an, ab dem ich wusste, dass wir Zwillinge bekommen, spürte ich eine große Wärme in mir. Ich kann es Ihnen nicht besser beschreiben, es war einfach nur schön und vertraut. Nach der Angst während der Geburt kam danach wieder dieses

Gefühl, das mir ständig sagte: Es ist alles in Ordnung, mach dir keine Sorgen. Es fühlte sich an wie eine schützende Hand, die über mir war. Es fühlte sich einfach nur sicher und geborgen an. Das machte mir manchmal schon selbst Angst. Aber ich habe genau gespürt, dass meine Kinder das alles ohne Schaden überstehen werden. Fragen Sie mich bitte nicht, woher. Ich kann dazu nur sagen, dieses Gefühl und der Glaube halfen mir. Ich bin mir sicher, wenn ich in dieser Zeit, als es den Mädchen so schlecht ging, mich auch hätte hängen lassen und nicht an etwas geglaubt hätte, wäre es bestimmt nicht so gut ausgegangen. Ich habe meinen Kindern in dieser Zeit viel Kraft zum Kämpfen gegeben. Wir waren ja, so oft wir konnten, bei Ihnen. Um sie spüren zu lassen, dass Mama und Papa für sie da sind. Ich bin davon überzeugt, dass es sehr viel ausmacht, wenn die Eltern vollen Einsatz zeigen. Das ist Balsam für die kleinen Seelen. Und mindestens genau so wichtig wie die Medizin. Und nur durch diese Kombination leben sie heute und strotzen vor Gesundheit. Ich danke dem lieben Gott jeden Tag dafür, dass ich drei so süße und gesunde Kinder habe. Also, es ist nicht wichtig, an wen Sie glauben, aber es hilft, wenn Sie an etwas glauben. Es macht vieles einfacher.

Ich habe beide Seiten kennen gelernt, ich konnte sehen, jetzt bin ich blind. Noch heute merke ich oft, wie wichtig der Augenkontakt bei einem Gespräch ist. Es wird nicht alles mit

Worten ausgedrückt. Aus dieser Situation entwickelte ich mit den Jahren ein sicheres Bauchgefühl. Diese innere Stimme ist sehr wichtig für mich.

Ich glaube auch fest daran, dass alles im Leben seinen Sinn hat. Auch wenn man ihn nicht immer gleich versteht und manchmal gar nicht. So auch meine Erblindung. Es hat einen Sinn, fragen Sie mich bitte nicht welchen. Ich kann es Ihnen nicht sagen. Es gibt so etwas wie eine Berufung für Dinge. Vielleicht ist es meine Berufung, den Menschen die Situation von Behinderten etwas näher zu bringen. Seit ich blind bin, sehe ich mehr als vorher sehend. Nichts im Leben wird mehr nach Gefühl gemacht, dabei sind Herz und Bauch manchmal klüger als der Kopf. Wir Menschen wollen immer alles verstehen. Vieles im Leben muss man einfach nur annehmen, um damit zurecht zu kommen. Wenn ich mich damals immer nur damit beschäftigt hätte, warum ich blind geworden bin, hätte ich heute keine drei süßen Kinder oder wäre seit 12 Jahren glücklich verheiratet. Ich glaube, wir alle haben Herausforderungen im Leben. Meine größte Herausforderung war meine Erblindung. Denn erst als ich diese Herausforderung angenommen habe, bin ich über mich selbst herausgewachsen.

Begegnungen

Ich möchte Ihnen von Menschen erzählen, die mir in meinem Leben begegnet sind und einen großen Eindruck hinterlassen haben.
Zuerst hätten wir da mal meinen früheren Klassenlehrer. Dieser Mann ist etwas ganz Besonderes. Ich bin mir sicher, dass es keine Frage gibt, auf die er keine Antwort wüsste. Ich habe sehr viel von ihm gelernt. Dafür bin ich ihm sehr dankbar. Das Vertrauen zu ihm ist sehr groß. Und es ist auch heute noch so, dass ich ihn zu einer Frage immer um Rat bitten kann.

Und dann hätten wir da noch meine Geburtshelferin. Sie sollte mich eigentlich nur durch die Schwangerschaft begleiten. Aber sie hat mir auch sehr geholfen, mein inneres Gleichgewicht wieder zu finden. Sie ist zu einer sehr lieben Freundin geworden. Ich habe durch sie viel gelernt, z.B. nicht alles so an sich heran zu lassen. Und die Ziele, die man hat, auch festzuhalten und umzusetzen. Ja und das hat auch geklappt.

Meine Oma war eine ganz besondere Frau und hat mich sehr geprägt. Ich weiß gar nicht, wo ich anfangen soll. Als Kind war ich viel bei ihr. Sie starb als ich 14 Jahre alt war. Ich hatte sie zwar nur 14 Jahre für mich, aber diese Frau hat einen riesengroßen Eindruck hinterlassen. Sie hat mir mehr Liebe und Vertrauen geschenkt, als manch Anderer es nicht in 100 Jahren könnte. Sie ist immer in meinem Herzen. Ich liebe sie über alles. Dass ich heute so bin, wie ich bin, habe ich nur ihr zu verdanken. Danke Omi.

Meine jüngste Tante Renate. Ich habe sie immer Nati genannt. Sie war nur sieben Jahre älter als ich. Wir beide waren so etwas wie Geschwister. Die Willenskraft und den Mut habe ich von ihr. Sie ist 1991 durch einen tragischen Unfall ums Leben gekommen. Zu diesem Zeitpunkt ist ein Stück von mir mit gestorben. Sie fehlt mir sehr. Es vergeht nicht ein Tag, an dem ich nicht an sie denke. Nati, ich danke Dir für Deine Liebe.

Und dann gibt es da noch einen Professor in Hamburg, einen sehr bekannten Augenarzt. Er hat schon viel erreicht und Preise für seine Forschungen erhalten. Eigentlich wäre ich gar nicht an ihn heran gekommen. Aber zum Glück hat mein Augenarzt zusammen mit ihm studiert. Dieser Professor ist ein Ass auf seinem Gebiet. Trotz seines großen Erfolges ist er normal, ja geradezu bescheiden, geblieben. Das macht ihn so sympathisch. Dieser Mann ist wirklich mit aller Kraft seiner Seele Arzt. Ihm geht es darum, zu helfen und nicht um Geld und Prestige. Von solchen Menschen bräuchten wir mehr.

Blind ist nicht gleich blind

Es gibt verschiedene Arten der Erblindung. Vollblind und Blind. Der Unterschied liegt darin, dass Vollblinde weder hell noch dunkel unterscheiden können. Blinde wiederum können das noch. Und dann ist es ein großer Unterschied, ob man geburtsblind ist oder später erblindet. Viele Menschen glauben, dass es für einen Blinden einfacher ist, wenn er von Geburt an blind ist. So nach dem Motto: Was ich nicht kenne, kann ich nicht vermissen. Das würde ich persönlich nicht bestätigen. Ich habe 21 Jahre vor meiner Erblindung gesehen und dafür bin ich sehr dankbar. Nach meiner Meinung hat man es als Geburtsblinder wesentlich schwerer in der Gesellschaft. Das liegt daran, dass man sich als spät Erblindeter ganz anders bewegt oder auch anders schaut. So hat ein Kind, das später erblindet, früher von seiner Mutter gelernt, sie anzusehen, wenn sie mit ihm spricht. Ein Geburtsblinder hat es dagegen sehr viel schwerer, seinen Gesprächspartner zu fixieren. Es sind viele Kleinigkeiten. Als spät Erblindeter hat man auch eine Beziehung zu Farben. Aber versuchen Sie mal, einem Geburtsblinden die Farbe rot zu beschreiben. Richtig, das geht nicht.

Je nachdem, in welchem Alter man erblindet, weiß man z.B. noch ganz genau, welche Farben zu einem passen und welche nicht. Sie können sich einfach gezielter mit ihrer

Umwelt unterhalten. Ich kann hier nicht für andere blinde Menschen sprechen, nur für mich. Wichtig ist eigentlich auch nur, dass wir Behinderte endlich wie normale Menschen behandelt werden wollen. Und nicht immer an den Rand gedrängt werden. Nicht behinderte Menschen sind nicht besser als behinderte Menschen. Ich persönlich habe schon lange kein Problem mehr mit meiner Behinderung. Es hat einige Jahre gedauert. Doch heute wird dieses Problem von anderen Menschen an mich herangetragen. Sie verstehen nicht, dass ein Behinderter, wenn er sich mit seiner Situation auseinander gesetzt hat, glücklich leben kann. Ich weiß nicht, wie viele Gespräche und Überzeugungsarbeit ich noch leisten muss, bis meine Umwelt mich wie eine ganz normale Frau behandeln kann. Nicht immer wie ein kleines Kind. Dies war auch meine Motivation für dieses Buch. Vielleicht bin ich wirklich anders als viele andere blinde Menschen. Das liegt aber nur daran, dass ich mich einfach immer durchkämpfte, ja durchkämpfen musste. Man verliert als Behinderter sehr viel Selbstbewusstsein und um das wieder herzustellen, braucht es sehr viel Kraft und Zeit. Und deshalb versuche ich, wo ich nur kann, mein Selbstbewusstsein aufzubauen. Das Leben kann wunderschön sein, es kommt nur auf die Sichtweise an. Ein behinderter Mensch kann glücklicher sein als ein gesunder Mensch. Durch seine Einstellung und sein positives Denken. Ich glaube, dass dies des Rätsels Lösung ist. Gesunde Menschen, die keine positive Einstellung zum Leben haben, können es natürlich schwer verstehen, wenn ein Behinderter glücklicher ist als sie selbst. Das liegt schon in der Natur der Menschheit, auf jemanden neidisch zu sein, dem es besser geht als einem selbst. Nur es bringt nichts, jeder ist für sein Glück selbst verantwortlich.

Die Veränderung

Es gab vor einigen Jahren ein einschneidendes Erlebnis für mich und zwar, als ich mit Reiki in Berührung kam. Reiki ist keine Spinnerei, sondern nichts anderes als pure Energie, positive Energie. Die man durch den Körper fließen lässt. Ich erzähle Ihnen das extra so simpel. Ich möchte Ihnen hier kein Reiki erklären, dafür empfehle ich Ihnen ein Lehrbuch oder besser eine Gruppe in Ihrer Nähe. Was Sie aber unbedingt wissen sollten, Reiki kommt, wie es der Name schon vermuten lässt, aus dem asiatischen Raum. Reiki wurde um 1600 von einem asiatischen Mönch erfunden. Es ist wirklich kein Hokuspokus, sondern eine besondere Art der Heilung. Jetzt werden Sie wahrscheinlich sagen: die hat ja einen Knall. Das Gleiche habe ich damals auch gedacht, als ich das erste Mal von Reiki gehört habe. Aber hier geht es ja auch nicht darum, Sie von Reiki zu überzeugen, sondern Ihnen meine Geschichte zu erzählen.

Also, es war 1999 und wir arbeiteten beide in der gleichen Massagepraxis. Jürgen arbeitete dort ganztags und ich stundenweise vormittags. Dominik war vormittags in der Kindertagesstätte. Alles klappte ziemlich gut. Unsere Chefin ist ein paar Worte mehr wert. Man muss dazu sagen, dass sie eine ziemlich direkte Art hat. Die habe ich auch, wie Sie vielleicht schon festgestellt haben, aber bei ihr war es noch eine Spur härter. Beim ersten Eindruck wirkte sie schnell bestimmend und egoistisch. Aber wer sie näher kannte, der wusste, sie kann auch ihre sanfte Seite zeigen. Manchmal wünschte ich mir, ich wäre ein klein wenig so wie sie. Stärke habe ich zwar auch, aber sie geht 100prozentig ihren Weg. Und darum beneide ich sie sehr. Bei ihr haben Jürgen und ich Reiki gelernt. Sie ist Reiki-Meister. Sie hat mir das innere Gleichgewicht wieder gegeben. Es gibt drei verschiedene Reiki Grade:

1. Grad:	Wir ausgeführt durch Berührung
2. Grad:	Fern-Reiki, wird aus der Ferne ausgeübt
3. Grad:	Meistergrad

Ein Beispiel für Fern-Reiki: Jürgen gab unserer Chefin ein Foto von mir, weil sie ihn darum bat. Abends hatte sie ihre Schützlinge zu sich gebeten, um einen Reiki-Kreis zu bilden. Es ging ihr dabei um meine Augen. Wir wussten von alle dem nichts. Am späten Abend legte ich mich zu Hause auf unser Sofa, weil ich auf einmal so sehr müde wurde. Als ich da so lag, spürte ich auf einmal, wie mein ganzer Körper anfing leicht zu zittern und Wärme ausstrahlte wie beim Joga. Zum Schluss kribbelte es überall. Und am Kopf hatte ich das Gefühl, dort zapft mich jemand an, es war richtig unheimlich. Während das passierte, versuchte ich das Empfundene in Worte zu fassen. Jürgen meinte nur: „Ist doch schön, freu‘ Dich doch, wenn Du mal ein bisschen entspannen kannst.“ Ich versuchte, es ihm zu erklären, doch ich konnte es nicht richtig in Worte fassen. Es hatte nichts mit Entspannung zu tun. Ich konnte die positive Kraft durch meinen Körper fließen spüren. Das, was ich fühlte, hatte weder etwas mit Einbildung noch mit Spinnerei zu tun. Am nächsten Morgen fuhr Jürgen alleine zur Arbeit, ich hatte an diesem Tag frei. Unsere Chefin kam auf Jürgen zu und fragte: „War Michaela gestern abend schön müde?“ Er schaute sie ganz verdattert an, so nach dem Motto: Woher weiß denn die das? Und dann erklärte sie es ihm: „Wir haben Michaela gestern abend im Reiki-Kreis alle zusammen unsere ganze Energie geschickt.“ Bis heute hätte ich gerne das Gesicht von Jürgen gesehen. Er ist in solchen Situationen sehr misstrauisch. Ich werde nie vergessen, wie er nach Hause kam und mir alles erzählte. Ab diesem Tag war ich, schon ohne das ich es wusste, mit Reiki verbunden. Man kann auch einen lieben Menschen durch Fern-Reiki Kraft und positive Energie schicken. Ich habe den ersten Reiki-Grad gemacht und wurde im Reiki-Kreis aufgenommen. Ich habe noch nie etwas so schönes und befreiendes erlebt. Man ist einfach nicht mehr so wie vorher. Reiki kann jeder Mensch lernen, es erfordert keine besondere Gabe. Man lässt durch Reiki seine eigene Energie wieder fließen. Man heilt sich durch sich selbst. Reiki bringt die Energie nur zum Fließen und setzt blockierte

Stellen wieder frei. Ich nutze es privat sehr viel bei mir selbst, auch bei Jürgen und den Kindern. Als die Mädchen nach der Geburt doch so schwer krank waren und um ihr Leben kämpften, legte ich meine Hände immer auf ihre Köpfchen, um es fließen zu lassen. Ich bin 100% davon überzeugt, dass es ihnen geholfen hat.

Auch wenn es mal sehr stressig ist, z.B. für Dominik in der Schule, mache ich mit ihm Reiki. Er liebt es.

Gottes Kinder

Um eines gleich vorweg zu nehmen, ich mag es überhaupt nicht, wenn man von behinderten Kindern spricht. Es sind alle Gottes Kinder mit einem Recht auf Leben. Man sollte die Behinderung nicht gleich so betonen und damit Schranken aufbauen. Es ist schwer, in dieser Welt respektiert zu werden, wenn man eben nicht dem Normalbild entspricht. Ganz schön armselig. Und im Vergleich zu den Erwachsenen habe es Kinder besonders schwer. Falls Sie zu Hause ein behindertes Kind haben, gebe ich Ihnen einen guten Rat. Ich selbst spüre täglich wie schwer man es als behinderte Person hat. Also versuchen Sie, wo Sie nur können, Ihrem Kind Selbstständigkeit beizubringen. Das heißt, trauen Sie Ihrem Kind alles zu, so wird es merken, wieviel in ihm steckt. Ich weiß, die meisten Eltern wollen nur helfen. Aber das sieht dann schnell so aus, dass die Eltern alles selbst machen und das Kind immer abhängiger wird. Schließlich soll es doch auch durchs Leben kommen, wenn Sie mal nicht mehr da sind, oder? Sie möchten doch nicht, dass Ihr Kind dann in ein Heim muss? Nur weil Ihr Kind, wodurch auch immer eingeschränkt ist, müssen Sie es nicht noch behinderter machen. Auch wenn Sie es als Eltern nur gut meinen. Aber um so mehr Sie Ihr Kind verhätscheln, um so unselbstständiger wird es. Egal, was für eine Situation kommt, immer das Kind zuerst ausprobieren lassen. Helfen kann man immer noch. Aber bitte nicht schon die Arbeit vorweg nehmen. Keine extra Wurst, es ist doch ein Kind wie jedes andere. Schauen Sie immer nur auf die Problematik. Ein Beispiel: Wenn Sie ein blindes Kind haben, wirklich nur auf die Einschränkung schauen. Man kann seinem Kind viel mehr geben, es glücklich machen, wenn man es fordert. Versuchen Sie von klein auf, es mobil zu machen. Laufen Sie mit ihm, damit es die Angst vor dem Fallen verliert. Und auch, um sich alleine gut zurecht zu finden. Natürlich müssen Sie ihm das Gefühl von Sicherheit geben, sonst funktioniert es nicht. Wenn Sie das täglich machen, wird Ihr Kind damit aufwachsen. Und wenn es größer ist, wird es für ihn genauso sein, wie bei einem gesunden Kind. Es wird allein in die Stadt gehen, mit Bus und Bahn fahren und sogar studieren können. Wäre das nicht auch in Ihrem Sinne? Und deshalb denken Sie um, es kann nicht die Schwarzschrift lesen, aber die Punktschrift. Wichtig ist doch nicht, wie es zum Ziel kommt, sondern dass es zum Ziel kommt. Ihr Kind wird lesen und schreiben können. Und nur das Ergebnis zählt. Das ein Blinder beim Gehen einen Taststock benutzen muss, ist doch völlig egal. Er kommt allein dort hin, wohin er will. Und das ist sehr wichtig für das Selbstbewusstsein.

Ein Beispiel: Früher habe ich bei mir zu Hause zum aufräumen nur eine Stunde gebraucht, heute sind es locker zwei Stunden. Ist doch total egal, wichtig ist, es ist sauber.

Verstehen Sie, was ich Ihnen vermitteln möchte? Deshalb schreibe ich dieses Buch. Schauen Sie mich an, ich bin bestimmt die letzte, die perfekt ist. Ich habe viele Ecken und Kanten. Eine Behinderung bedeutet nicht gleich das Aus für Ihr Kind. Auch aus mir ist etwas geworden und das kann Ihr Kind auch. Nur Mut. Ich wünsche Ihnen dabei viel Kraft und Geduld. Ich weiß, dass man in dieser Hinsicht nicht viel Hilfe bekommt. Es wird einem mitgeteilt, Ihr Kind wird behindert und damit wird man dann oft allein gelassen. Versuchen Sie es bei Selbsthilfegruppen und falls es in Ihrer Nähe keine gibt, bilden Sie einfach Ihre eigene!

Politiker

Mittlerweile glaube ich den Politikern kein Wort mehr. In den sechziger Jahren wurde für blinde Menschen das Blindengeld eingeführt. Zur Unterstützung der Mobilität. Um nicht völlig von der Außenwelt abgetrennt zu sein. Da hatten die Politiker ein einziges Mal eine gute Idee. Viele blinde Menschen bekamen so ein kleines Stückchen Freiheit wieder. Doch nun ist Schluss damit. Wie ja jeder weiß, ist die Wirtschaftslage ziemlich schlecht. Und wem kann man da am besten die Knete wegnehmen, klar den Behinderten.

Wissen Sie, ich kann auf eine Art ja verstehen, dass man nichts machen kann, wenn die Töpfe leer sind. Aber hierzu möchte ich Ihnen die ganze Geschichte erzählen. Vor ca. vier Jahren haben wir Blinden unseren Beitrag zur Konsolidierung der Staatsfinanzen schon geleistet. Auch damals ging es schon darum, uns das Blindengeld zu streichen. Die Blinden gingen daraufhin auf die Straße, um mit Demonstrationen die Politiker zum Umdenken zu bewegen. Doch es half nicht. Dann schlugen die Blindenvereine in Deutschland einen Kompromiss vor. Wir waren bereit, komplett 100 Euro vom Blindengeld her zu geben. Im Gegenzug forderten wir, dass dies unserer einmaliger Beitrag zur Verbesserung der schlechten Finanzen sei. Die Politiker ließen sich darauf ein. Durch unseren Beitrag hatten sie eine Einsparung von über 3 Millionen Euro im

Jahr. Aber es heißt ja nicht umsonst: glaube keinem Politiker. Und dann, zwei Jahre später, forderten sie den Rest vom Blindengeld. Sie haben uns nur verarscht. Das macht mich so richtig stinkig. Das man uns für so bescheuert hält und meint, sich nicht an Abmachungen mit uns halten zu müssen.

Die Politiker können immer nur schön daher reden. Aber was es für die Behinderten bedeutet, wenn ihnen das Blindengeld gestrichen wird, davon haben sie keine Ahnung. Die wissen doch überhaupt nicht, dass man als behinderter Mensch jeden Tag aufs Neue ums Weitermachen kämpft. Ich würde gerne mal einen dieser Entscheidungsträger von dort oben zu mir nach Hause einladen und ihn eine Woche lang meine Arbeit verrichten lassen. Aber natürlich unter der Augenbinde. Ich glaube kaum, dass er danach noch die gleiche Einstellung hätte. Doch dazu würde sich wohl keinen von diesen hohen Herren herab lassen.

Von unseren gut bezahlten Politikern hatte ich eigentlich erwartet, dass sie etwas kreativere Lösungen zur Verbesserung des Staatssäckels finden. Und zur Abwechslung auch den eigenen Gürtel mal etwas enger schnallen. Nicht immer nur bei denen wegnehmen, die sich nicht wehren können.

Wie wäre es mit ein bisschen weniger Geld für Dienstwagen, ein bisschen sparen in der Verwaltung, z.B. bei den

Büromöbeln und beim Festbankett auch einen Gang runter schalten? Davon fällt niemand vom Fleisch. Für einfache Ideen muss man nicht super intelligent sein. Das hat etwas mit gesundem Menschenverstand zu tun.

Weihnachtschaos

Ich denke, das kennt jeder. Es ist doch jedes Jahr dasselbe. Ende November bekommen alle ihren Rappel. Es wird gekauft, dass man meint, es gibt jetzt die nächsten zehn Jahre nichts mehr. Ein bisschen traurig, denn es geht doch am Wesentlichen vorbei. Und hier meine Geschichte. Es war unser erstes gemeinsames Weihnachten in unserer neuen Wohnung. Es war das Jahr 1993 und ich hatte kurz zuvor erst erfahren, dass ich blind bleibe. Von Weihnachtsstimmung also keine Spur. Aber Jürgen versuchte alles, um mich glücklich zu machen. Unser erstes gemeinsames Weihnachten sollte unvergesslich werden. Das gelang ihm auch, im wahrsten Sinne des Wortes. Alles fing damit an, dass wir mit unserem Geld gut haushalten mussten. Schließlich hatte Jürgen gerade sein Examen gemacht und ich wartete darauf, endlich mein beantragtes Blindengeld zu bekommen. Eigentlich kann man sagen, wir waren pleite. Da wir ja gerade erst zusammen gezogen waren und es unsere erste gemeinsame Wohnung war, fehlte uns so gut wie alles, was zu einem schönen Weihnachtsfest gehört. Christbaumständer, Lichterkette, Weihnachtskugeln, einfach alles. Wir kratzten unsere letzten Kröten zusammen, um zumindest ein bisschen Weihnachtsschmuck zu kaufen. In einem billigen Tüdellüd-Laden fanden wir eine Lichterkette und Baumschmuck. Den Christbaumständer bekamen wir von meinen Eltern, die kauften sich zu unserem Glück einen neuen, und so konnten wir ihren alten haben. Was fehlte nun noch? Richtig, der Baum. Einen Tag vor Heiligabend zogen wir los und an diesem Tag goss es wie aus Eimern. Als wir auf dem Marktplatz ankamen, waren alle Weihnachtsbäume in Netze eingewickelt. So konnte man die Bäume gar nicht richtig sehen. Egal, wir entschlossen uns für einen besonders günstigen und wollten nur schnell wieder weg, weil es ja so regnete. Das wurde uns zum Verhängnis. Zu Hause angekommen, stellen wir den Baum gleich auf, damit er trocknen kann. Und da kam das böse Erwachen. Jürgen stellte den Baum auf und fluchte. Der Baum hatte eine böse Schräglage. Als ich die rechte Hälfte vom Baum anfühlte, war da kein Ast und die linke Hälfte war dafür total zugewuchert. Wir wussten beide nicht, ob wir nun lachen oder weinen sollten. Aber schließlich ist mein Schatz ja ein Bastler und er schaffte es tatsächlich, aus dieser hässlichen Tanne einen schönen Weihnachtsbaum zu machen. Das war ein kleines Wunder. Er bohrte auf der einen Seite, wo der Baum komplett leer war, Löcher in den Stamm. Dann schnitt er auf der anderen Seite, wo zuviel Äste waren, gezielt welche ab und steckte sie in die Löcher. Ich stellte erneut fest, ich hatte nicht nur einen klugen Mann, sondern auch noch einen Künstler. Heiligabend kam. Wir wollten unseren Weihnachtsbaum gemeinsam schmücken. Jürgen versuchte sich mit der Lichterkette. Er musste wegen der selbst gebastelten Seite sehr aufpassen. Ja, das war alles gar nicht so einfach. Doch Jürgen bekam alles hin. Wir schmückten den Baum mit Weihnachtskugeln und Holzfiguren. In der Zwischenzeit machte ich uns etwas Feines zum Abendessen und für jeden ein Glas Glühwein. So kam langsam doch noch Weihnachtsstimmung auf. Vor der Bescherung schickte mich Jürgen aus dem Wohnzimmer, um noch alles perfekt zu machen. Licht aus, Weihnachtsmusik an und nicht zu vergessen, die Lichterkette am Baum einzuschalten. Auf einmal hörte ich Jürgen hinter der Tür wieder fluchen. „Das kann doch wohl alles nicht wahr sein." Was war los? Unsere neue Lichterkette hatte bereits einen Wackelkontakt und ging immer an und aus. Nach der Bescherung gingen wir in die Mitternachtsmesse in die Kirche. Ich hatte mit sehr gemischten Gefühlen dieses Weihnachtsfest auf mich zukommen lassen. Ich hatte die Weihnachtszeit immer geliebt und hatte Angst vor diesem ersten Fest ohne Augenlicht. Aber es ist sehr schön geworden. Es war auch so chaotisch, wir haben viel gelacht, dass ich meine Blindheit zwischendurch ganz vergessen hatte.

Jeder ist anders

Kinder sind das größte Geschenk, das man bekommen kann. Aber ich habe auch schon Leute erlebt, die redeten von ihren Kindern wie von einem Aktivposten in ihrer Baufinanzierung. So nach dem Motto: Mein Job, meine Frau, mein Haus. Jetzt fehlen nur noch die 1,4 Kinder. Ganz schön bescheuert. Wo bleibt hier das Gefühl?
Wenn ein Paar keine Kinder möchte, finde ich das völlig in Ordnung. Und es gibt Paare, die entscheiden sich für eine halbe Fußballmannschaft. Auch das ist in Ordnung. Leider werden diese Großfamilien in unserer Gesellschaft schnell als asozial eingestuft. Dabei müssen wir vor solchen Eltern unseren Hut ziehen.

Wenn ich daran denke, wie unterschiedlich meine Kinder sind. Dominik ist ganz der Papa. Er sieht ihm sehr ähnlich und hat auch sein Wesen, eher ruhig und still. Man muss viel auf ihn eingehen. Dominik hat immer viel Zuwendung gebraucht. Das kann für Eltern oft anstrengend sein. Aber er ist ein sehr liebes Kind. Das sage ich nicht, weil ich seine Mutter bin, sondern weil es so ist. Dominik braucht mehr Liebe als Essen und Trinken.

Ja und dann hätten wir da ja noch unsere Zicken. Gina ist total mit Dominik zu vergleichen. Schon als sie klein war, machte sich das bemerkbar. Als wenn ich das gleiche Kind noch mal bekommen hätte. Dominik und Gina könnten Zwillinge sein. Kira ist ganz anders. Sie kommt ganz nach Mama. Das sagt jeder, der uns kennt. Vom Aussehen und vor allem vom Wesen. Ganz viel Temperament. Ja, jeder ist auf seine Weise Papas und Mamas Engel. Sie sind unser größtes Glück und unser ganzer Stolz. Wir werden immer für sie da sein, egal was kommt. Dafür sind wir ihre Eltern.

Gedichte

Für Kira und Gina

Vier Händchen und vier Füßchen
sind in meinem Bauch,

nach langen Untersuchungen
glaub ich es endlich auch.

Leuchtend wie zwei Kerzen
in meiner Seele drin,

wachsen jetzt zwei Herzen,
das hat einen tiefen Sinn.

Diese beiden Engel
brauch ich zum Glücklichsein,

sie sind mein ganzes Leben,
ich lass sie nie allein.

In Liebe,
Eure Mami

Nati

Es ist noch gar nicht lange her,
da gab‘s einen Menschen, den lieb ich sehr.

Ich lieb sie auf eine ganz besondere Weise,
obwohl sie gegangen ist auf eine große Reise.

Sie hat aus mir etwas Besonderes gemacht,
und hat mir gezeigt, wie man herzhaft lacht.

Auch hat sie gezeigt, wie man richtig denkt,
außerdem wie man Liebe schenkt.

Sie hatte für jeden ein offenes Herz,
nur für sich behielt sie ihren Schmerz.

Keiner merkte, wie traurig sie manchmal war,
Sie war ja immer nur für andere da.

Sie teilte mit anderen deren Leid,
doch dann blieb ihr selbst mehr keine Zeit,
sie musste gehen, es war so weit.

Es war der schlimmste Tag in meinem Leben,
was würde ich alles dafür geben,

noch einmal laut mir ihr zu lachen,
oder mit ihr machen verrückte Sachen.

Alles das und noch viel mehr,
ist lange vorbei und ewig her,

Trotz alledem macht sie mir klar,
ich bin immer hier und für Dich da.

Dieses Gefühl wird uns niemals trennen,
es ist verbunden mit Herzen, die brennen.

Es ist so stark wie ein dickes Band,
es passt nicht mal durch eine Wand.

Manchmal schau ich in die Nacht,
dann seh ich tausend Sterne,
es leuchten alle hell und blinken in der Ferne.

Sie ist unter den tausend Sternen dabei,
es geht ihr gut, sie ist jetzt frei.

Sie ist bei Gott und das ist schön,
irgendwann werd ich sie wiedersehn.

Bis dahin muss ich warten,
dann komm ich in diesen schönen Garten.

Ich werde sie finden, auch im großen Gedrängel,
diesen wunderbaren Engel.

Die Sonne in meinem Herzen

Die Sonne in meinem Herzen
scheint so schön wie tausend Kerzen,

meist scheint sie hell und flackert auch auf,
das geht ganz schnell, dann bin ich gut drauf,

doch manchmal stehe ich auch im Dunkeln,
dann sieht man nicht einmal mehr ein Funkeln,

oft scheint aus der Ferne ein Licht,
das verschafft mir neue Sicht,

mein Herz wird dann offen und frei,
und ich bin mit Kopf und Seele dabei,

es befreit mich von Kummer und Schmerz,
und lässt die Sonne wieder in mein Herz,

das Gefühl heißt ganz viel Mut,
ich hole tief Luft, dann geht's mir gut.

So tanke ich Kraft aus Sonnenstrahlen,
und mein Herz malt tausend Zahlen,

die Eins heißt: Hab immer ganz viel Mut,
das hilft weiter und tut gut,

die Fünf heißt: Laß die Sonne in Dein Herz,
dann vergehen Kummer und Schmerz,

und auch die Zehn gehört dazu,
sie verleiht Kraft und Ruh,

auch die Acht hilft Dir gut weiter,
sie lässt Dich klettern auf eine hohe Leiter,

Nun die Drei, ist auch dabei,
Sie gibt viel Gefühl und macht frei.

Zum Schluss

Dieses sind nun die letzten Zeilen in meinem Buch. Ich hoffe, dass ich Ihnen mein Leben ein wenig näher bringen konnte. Viele Fragen habe ich an Sie gerichtet, um Sie nachdenklich zu stimmen. Ich wünsche mir, dass es hilft, manches nun nicht mehr so wichtig zu sehen und dass Sie Menschen mit einer Behinderung anders gegenüber stehen. Denken Sie immer daran, jeden von uns kann es treffen.

Nun zu den Antworten in diesem Buch. Es darf nicht vergessen werden, es sind nur meine persönlichen Antworten. Ich wünsche Ihnen alles Gute und hoffe, dass Sie Ihren Weg finden.

Ihre

Michaela Eiben

Haben Sie eine Frage an die Autorin?
Dann senden Sie Ihre e-Mail an:

michaela.eiben@hase-verlag.de

Das Buch „blind+blond=blöd?“ ist auch als Hörbuch erschienen. Michaela Eiben hat das Hörbuch selbst gesprochen, so ist es zu einem sehr authentischen Werk geworden.

Das Hörbuch als Doppel-CD mit einer Gesamtlänge von ca. 160 Minuten ist erhältlich beim Hase Verlag.

Informationen
über den Niedersächsischen Blindenhilfefond :

Zur Unterstützung blinder Menschen hat das Land Niedersachsen einen Blindenhilfefonds eingerichtet, mit dem in besonderen Lebenssituationen schnell und unbürokratisch geholfen werden kann. Die Höhe der finanziellen Unterstützung ist abhängig von bestimmten Lebenssituationen und liegt pauschal zwischen 750 und 1.500 Euro. Für die Durchführung dieses Fonds ist für den Bereich des gesamten Landes Niedersachsen das Landesamt für Soziales, Jugend und Familie, Außenstelle Verden zuständig.

Marienstraße 8
27283 Verden (Aller)
Telefon: (04231) 14-0
Telefax: (04231) 14-153
Mail: poststellelsverden@ls.niedersachsen.de
Internet: www.blindenhilfefonds.niedersachsen.de